1

GC NOVELS

STORY BY TORISUKE

ILLUSTRATION BY SHINISHI CHIHO

THE HAPPY, SLOW LIFE OF A REINCARNATED GIRL STARTING FROM THE BOTTOM.

聖女の卵
イリス
「どうだ、似合うか？」
勇者の卵
クレハ

村の仕立屋で
三人仲良く
ファッションショー
「私はどうでしょう？」
賢者の卵
ノア

一緒に泣くと、
知らず知らずの内に
三人で抱きしめ合っていた。
恐怖と安心でわんわん泣いて、
抱きしめたぬくもりで
お互いの無事を確かめ合う。
そのぬくもりは
温かくて優しくて、
傷めた心を癒してくれる。
その夜は気持ちを吐露して、
沢山泣いて、
無事を確かめ合った。
危険なことはあったけど、
そのお陰なのか
三人の絆が
深まったような気がした。

転生少女の底辺から始める
幸せスローライフ
1
THE HAPPY, SLOW LIFE OF A REINCARNATED GIRL STARTING FROM THE BOTTOM.
鳥助
イラスト
しんいし智歩

CONTENTS

THE HAPPY, SLOW LIFE OF
A REINCARNATED GIRL STARTING FROM THE BOTTOM.

第一章　ハイベルクの町での底辺な暮らし

「門が魔物に破られたぞ！　魔物が町の中に入ってきている、逃げろ！」

通りを走る兵士が声を張り上げて周囲に知らせる。町の門が魔物に破られた、その話を聞いた瞬間、私は血の気が引く。どうしよう、沢山の魔物がこの町の中に入ってくる。

邸宅の門のところで立ちすくんでいると、すぐに正気に戻った。こうしてはいられない、ご主人様にこのことを伝えなくては。

邸宅まで走り、扉を開けて中へと入った。それから廊下を進み、ご主人様がいるであろう部屋の扉を叩《たた》く。

「ノアです、大変です！　門が魔物に破られました！」

すると部屋の中が騒々しくなり、扉が急に開いた。その衝撃で私は床に飛ばされる。

「こうしてはおれん、すぐに馬車を出して逃げるぞ！」

「大事なお金や宝石も持っていかなくては！」

「私のドレス、私の装飾品！」

ご主人様、奥様、お嬢様が部屋から飛び出してきた。奥様とお嬢様は急いでその場からいなくなり、そこには私とご主人様が残される。

「このグズ、そこで倒れてないでさっさと立たんか！　お前は他の連中にこのことを伝え、家にある商品を持ち出せと伝えてこい！　さっさといかんか！」

倒れているところを罵倒《ばとう》されながらもなんとか体を起こして立ち上がり、深々と頭を下げた。

「も、申し訳ございません」

「のろまが、さっさといけ！」

体がよろめくがなんとか踏みとどまると、廊下を駆けて行く。それから邸宅内で働いている人たちにこのことを伝えながら走り回り、ご主人様の言伝《ことづて》を伝えた。するとみんな驚いた後、焦ったように商品や荷物を選別し始める。

現状と言伝を伝えるため邸宅内を走り回った後、エントランスに辿《たど》り着いた。そこには選別された荷物が置かれ始めているところだ。そこへ奥様が荷物を持ってやってきた。

「ノア、何をボーッとしているの!?　早く荷物を馬車に乗せなさい！」

「申し訳ございません」

「あーもう！　さっさと、荷物を、運びなさい！」

奥様に追い立てられるように、私は玄関に近づいた。玄関の扉を全開にすると、玄関先には馬車と荷馬車が止まっているのが見える。

私はエントランスに溜まっていく荷物を一つ一つ、荷馬車の荷台に運び始めた。荷物はどれも重くて、簡単には運べない。十歳の筋力では持てない荷物もあり、持てる荷物を優先的に馬車へと運んでいく。

エントランスと馬車を何度も往復していると、今度はお嬢様がやってきた。

「ノア！　こんなところで何をしているの、私の部屋に来て私の荷物を運びなさい！」

「は、はい……申し訳」

「さっさとしなさいって言っているでしょ！」

指示された通りにお嬢様の部屋へと急ぐ。お嬢様の部屋に辿り着くと、部屋の中には荷物を詰められた袋が沢山あった。それらを担ぐと、エントランスに急いで戻る。

お嬢様の部屋とエントランスを何往復かすると、今度はエントランスにご主人様が怒りの形相で立っていた。

「このグズが、何をしている！　早く荷物を馬車に運ばんか！」

「申し訳ございません。お嬢様の荷物を」

「口答えをするくらいに偉くなったのか、このグズがっ！」

ご主人様は大声で罵倒してきた。私は言い訳をするが、それは遮られてしまった。

「さっさと荷物を馬車に詰め込め！」

「は、はいっ……ただいま、すぐにっ！」

罵倒してきたご主人様はそれだけを言うとその場から立ち去る。私は何も言えなかった。でも、理不尽なのはいつものことだから気にしていても仕方がない。

お嬢様の荷物は置いておいて、まずはご主人様の荷物を馬車に詰め込もう。私は重たい荷物を馬車に詰め込んでいく。

◇

荷馬車に荷物を詰め込み終わる。かなり時間がかかったけれど、逃げる時間はあるのだろうか？

そんな不安を抱えながら、邸宅を出発する時を待っていた。

ご主人様家族は馬車に乗り込み、邸宅で働いていた人たちは荷馬車に付き添う感じで歩くみたい。

もちろん私もみんなと一緒で馬車と並走して進むことになる。

荷物を沢山積んだ荷馬車が動き出すと、振動で荷物が一つ落ちてしまった。戻そうにも荷物がいっぱいすぎて戻せない。誰もがその荷物を見て見ぬふりしようとした時、馬車からご主人様が降りてきた。

「バカ者が！　荷物が一つ落ちただろう！」

ご主人様はその荷物を手に持つと、私の方に近づいてきた。

「お前がこの荷物を背負って歩け！」

「わ、私がですか？」

「黙って荷物を背負え！」

仕方なく私は大きなリュックの荷物を背負う。だが、ご主人様はそれだけでは許してくれない。リュックについた長い紐を縛り、私の体とリュックを離れないようにした。

「これでお前はリュックを手放せないだろう。いいか、絶対に捨てるんじゃないぞ」

「は、はい……」

それだけを言い残して、ご主人様は馬車へと戻った。顔を上げて周りを見てみると、他の人たちは見て見ぬふりだ。誰も助けてはくれないし、それはいつものことだ。仕方がない、頑張って背負って歩こう。

邸宅の門を開けると、馬車はゆっくりと動き出す。私たちも馬車に続いて歩き出し、通りに出ていった。

通りには同じく荷物を持った人々が列をなして町から脱出するところだった。ごった返していないところを見ると、私たちが遅れて出発しているのが分かる。他の人たちは本当に必要なものしか持って行っていないから、きっと早めに出ていけたに違いない。

このままだと門から入ってきた魔物に追いつかれてしまうかも、と恐怖が付きまとう。馬車は速く進んでいき、それに付き従う人たちは早歩きで馬車についていく。一方、荷物を背負った私は一団からどんどん離されていった。

どうしよう、早くしないと魔物に追いつかれちゃう。駆け足になりながら一団を追うが、荷物が重くて思うように進めていない。一団との距離はどんどん広がっていき、焦りがピークに達した時だ。

「ブオォォッ!!」

「ブウッ!!」

通りの脇道から魔物のオークが数体現れた。

「キャーッ！」

「に、逃げろー！」

「早く前に進めー！」

通りはパニックになった。通りを進んでいた人たちは走り出し、オークを避けようと必死だ。オークが出てきた脇道は私たちの前方にある、ということはオークをすり抜けないと先へは進めなくなっていた。

すると、早くすり抜けようと馬車はスピードを上げた。徒歩の一団は馬車に離されまいと一緒に駆け出していく。私だけが取り残され、置いていかれそうになった。

待って、置いていかないで！　私も懸命に走るが、他のみんなと比べると歩みは遅い。荷物を捨てれば速くなるかも、そう思って体に括り付けられた紐を解こうとするが、かなり固く縛られているため簡単には外せない。

どうしよう、このままじゃオークに捕まっちゃう！　気持ちがだんだんと焦っていき、どうしようもなくなった時、それは起こった。

オークたちが走ってくる馬車に標的を定めて、手に持った棍棒《こんぼう》を振るった。棍棒は馬車に当たり、馬車は倒れて乗っていたご主人様たちは地面に投げ出された。

その後からくる一団もオークの標的になり、棍棒を振るわれ始めた。もし、あの一団の傍《そば》にいたら、巻き込まれたかも……そう考えるとぞっとする。だけど、私は奇跡的にも助かった。申し訳ないけれど、オークの注意がご主人様一団に向いている今がチャンスだ。

「ごめんなさいっ！」

力を振り絞って私は駆け出した。できるだけオークから離れて走っていくと、声が聞こえてきた。

「こ、こら！　私を置いて逃げるな！　鞭打《むちう》ちをしてやる、戻ってこい！」

ご主人様の声が聞こえたけど、私は振り返らなかった。他の人に混じって全力で駆けぬけた。オークは倒れた人々に夢中で棍棒を振るい続けている。

気が付いた頃にはオークたちは私の後ろにいた。

「とにかく、逃げなくっちゃ！」

重たい荷物を担いで、私は他の人と一緒に町の外を目指した。

◇

私、ノアは貧乏農家の三女として生まれる。物心付いた時には私は前世を思い出すことができた。地球というところで生まれ、平凡な子供時代を経て大人になり、それから働いていた日々。

自分はなんらかの原因で死に、異世界転生を果たしたみたいだ。まさか、こんなことが自分の身に起ころうとは思ってもみなかった。今の容姿はセミロングの水色の髪に青い目をしている。

前世の記憶が体に馴染《なじ》んだ頃、ふと思う。前世の知識を生かして貧乏農家から何かに成り上がることができるんじゃないだろうか？　そしたら、この貧乏生活ともお別れだ。

日々、どうやって成り上がろうかと考えていた頃、私に転機が訪れる。六歳の頃、私を養いきれなくなった両親により召使いとして商会へ売られることになったのだ。

この商会で前世の記憶を使い、異世界にはない商品を世に送り出したら、きっと自分は出世するかもしれない。希望を胸に商会に売られた私を待っていたのは、召使いとは名ばかりの酷い扱いをされる奴隷生活だった。

仕事ができなければ殴られ、仕事ができても殴られ、給料も支給されない中で朝から晩まで誰よりも長く働かされる。私が描いていた未来は欠片も存在しなかった。

そんな絶望の日々が四年間も続き、私はほとんどの意欲を削がれて、言われるままに働く奴隷に成り下がる。そんな時に起こった魔物の暴走は私の二度目の転機となった。

ご主人様たちはオークの群れに襲われて生き残れなかったけど、幸運にも私は生き残った。必死で町の中を駆け抜け、魔物のいない門を潜り、町の外まで脱出することができた。

私は今、町を出た人々の列の中にいて、道を進んだ先にあるハイベルクという町に移動中だ。そこに行けば助かる、ということでもない。ただ、町があるからそこに逃げたいだけの列だ。

かくいう私も町を出たもののどうしていいか途方に暮れて、無意識に列に入って歩いているだけだ。突然手に入った自由にどうしていいか分からず、とりあえず私もハイベルクの町に向かっている。

「そうだ、もうご主人様はいなくなったんだし、私は自由だ。なんだってできるんじゃない？」

ふと、そんなことを思った。そうだよ、私を拘束していたご主人様はいなくなった、となれば後は私のやりたい放題じゃないか。そう考えると、体中から元気が溢れてくる。

召使いになってから感じたことのない高揚感が体を包み込んだ。そうだ、これからはなんだってできるし、なんにだってなれるんだ。

「私は自由だ！」

その場で手を上げて叫んだ、私は自由だ！　通り過ぎる周りの人たちが変な人を見る目で私を見るけれど、気にしない。この喜びをどうやって表現しようか悩むくらいに、今の私は喜びに満ち溢れている。

昔考えた成り上がりなんていう野心はもうない、ただ平穏に暮らしていけるだけで十分に幸せだ。だから、ハイベルクの町に行ったら平穏に暮らせるように働こう。きっと町に行けばどうにかなるよね。

そうと決まったら、荷物のことが気になった。歩きながら固く結ばれた紐をほどいていく。あの時はどうしてもほどけなかったが、落ち着いた今なら簡単に外すことができる。

体に括り付けられた紐をほどくと、荷物を地面に置いた。何の変哲もないリュック、中には何が入っているのだろう。蓋《ふた》を開けて中身を見てみると、そこにあったのは大きな肉の燻製《くんせい》だった。

他にはソーセージ、ベーコン……殆ど肉系の食糧が入っていた。いや、リュックの底を探ってみると、水の入った瓶が何本も出てくる。どうやらこのリュックには料理人が荷物を詰めたみたいだ。

リュックの両サイドのポケットも探ってみる。右を開けると、小型のナイフが三本入っていた。左を開けてみると、何かが入った袋が入っている。袋を取り出して開けてみると中からはお金が出てきた。やった、先立つものができた。

食糧、ナイフ、お金か。幸先がいいんじゃないかな。これだけあれば町まで歩いていけるし、町に行った後はこのお金を使って必要なものを買い足すことができる。

リュックを閉めてもう一度背負い直すと、再び歩き出した。荷物は重いがこれを手放したらハイベルク町まで辿り着けないと思い、疲れた体に鞭を打つように私は歩き出す。

◇

町を離れて一日が経過した。重たい荷物を背負って歩く足はフラフラで今にも倒れそうだ。それでもなんとか力を振り絞って前へと進んでいく。

私を後ろから追い抜いていく人はみんな知らん顔で進んでいく。分かってる、みんな自分のことで精一杯だっていうことは。私も自分のことは自分でやらないと、ここで立ち止まったらダメだ。

それでも一人というのはとても心細い。嫌な人たちから離れられたのは良かったけど、良いことばかりではない。孤独という現実が容赦《ようしゃ》なく私を襲ってくる。誰にも頼れないこの状況はとても辛く、先の不安を煽《あお》ってきた。

一人で本当にやっていけるのだろうか？　子供の自分に生活をしていく力があるのだろうか？　町に行っても、自分の居場所は見つからないんじゃないだろうか？　孤独のせいで悪いことばかり考えがちになる。

孤独と疲労でフラフラになりながら歩《ほ》を進めていく。その時、小さな石に躓《つまず》いてしまい倒れてしまった。

「いたっ」

痛みを我慢してゆっくりと体を起こすと、手と膝《ひざ》を怪我していた。これでは歩くのに支障が出てしまう、こんなところで立ち止まりたくないのに。

軽い絶望を感じている時、後ろから来た人たちは私に少しの視線を向けると、すぐに前を向いて先に行ってしまう。倒れた私に手を貸してくれる人なんていない、これが現実だ。

誰にも頼ることのできない私は自分のことは自分でしなくちゃいけなかった。分かっているんだけど、すごく情けない気持ちになって気が弱くなってしまう。こんな時、誰かがいてくれたら……そう思わずにはいられない。

めげそうになる気持ちを奮い立たせて、その場で立ち上がろうとした。だけど、怪我が痛いのと荷物が重いのとで中々立ち上がることができない。弱気になっていた心がどんどん体から力を抜いていく。

心が折れそうになり、もうダメかも……そう思った時だ。スッと手が差し出される。なんだろう、と顔を上げてみるとそこには二人の少女がいた。

「立てますか？」

「おい、大丈夫か？」

黒髪を一本に束ねた狼獣人と、肩を越すくらいの金髪をした人間の女の子が話しかけてきた。まさか、気を使ってくれる人がいたなんて……驚いて固まってしまう。

「おーい、何か返事をしろー」

「どこか怪我でもされましたか？」

「あ、いえ……ありがとう」

なんとか体を起こして地面に座る。

「大変、怪我をしていますね」

「え、あぁ」

どうしよう、こんな状態で歩けるかな？　自分の怪我を見て、さらに惨めな気持ちになってきた。

すると、金髪の子がしゃがんできた。

「怪我を治しますね」

「えっ？」

私が驚いている間にその女の子は手のひらと膝に手をかざした。女の子が目を瞑《つむ》ると温かい光が手から発せられる。その光が私の怪我にまとわりつくと、痛みが引いていくのが分かった。

しばらくすると、本当に怪我が治ったみたい。これは、回復魔法？　すごい、回復魔法なんて初めて見たよ。

「はい、これで治ったと思います」

「あ、治してくれてありがとう」

「いえいえ、困った時はお互い様ですから」

「そうそう、そういうこと。というわけで、疲れているなら荷物を背負ってやるぜ」

狼獣人の子がリュックを取り、勝手に背負った。

「そんなことさせられないよ。そのリュックは私のものだし」

「いいから、いいから。後ろから見てても危なっかしかったもんな」

「奪ったりはしませんから、安心してください」

「さぁ、歩くぞ！　次の町まではまだまだ時間がかかるからな！」

元気のいい狼獣人の子はサクサクと歩いていき、その後を金髪の子がついていく。私も遅れないように、と二人についていった。

こんな状況で手を貸してくれる人がいるなんて……私は驚いた。魔物に襲われ、町を追われ、逃げるだけで精一杯な人たちの中で、人のことを気遣ってくれる人がいるなんて信じられない。とてもいい子たちを目の前にして、心が温かくなった。

「荷物を持ってくれてありがとう、重くない？」

「ちょっと重たいくらいかな。ウチはこういうのが得意なんだぞ」

「クレハは肉体労働とか得意ですからね。あ、この子はクレハです。私はイリスです。二人とも十歳です」

「あ、私の名前はノア、同じく十歳。ところで、二人だけなの？」

辺りを見回しても、この子たちの両親は見当たらない。遠くにいるのかな？

「あぁ、ウチらは孤児院の子だからな」

「他の子たちはバラバラに逃げちゃったから、どこへ行ったか分からないんです」

「そうなんだ、災難だったね」

そうか孤児院の子たちだったのか、そういうことなら親がいないのも頷ける。ということは、この二人で孤児院を脱出してきたんだね。他の子が見当たらないところを見ると、本当に慌てて出てきたことが窺える。

「そういうノアは？」

「私は商会に売られた召使い。この騒動で一人になったの」

「そう、ノアも大変だったんですね」

「命があっただけ良かったな！」

そうだよね、命があっただけでも良かった。逃げるのがもう少し遅かったら、きっと私も魔物の群れにやられていたんだと思う。

「みんな、頼る人がいないみたいですね」

しんみりとイリスがそんなことを言った。確かにもう頼れる人はいない、自分の力でどうにかしないといけないわけだ。改めて知らされた現実に気が重くなる。

ちょっと雰囲気が暗くなったな、そう思っていたらクレハがとびっきり明るい笑顔で話しかけてくる。

「それじゃあ、ここにいる三人で協力し合って生きていかないか？」

三人で協力？

「この三人は同じ境遇だから、協力し合えたらなんとかなるんじゃないか？」

クレハが自信満々にそんなことを言い出した。すると、イリスは嬉しそうな顔をして手を叩く。

「それはいいですね。一人より二人、二人より三人です。三人の力が合わされば、きっと素敵なことが起こると思います」

どうやらイリスも賛成みたいだ。でも、こんな見ず知らずの私がこの二人の間に入ってもいいの？　一人よりも心強いけれど、簡単には話を受けられないな。

「ノアはどう思いますか？　とってもいい案だと思うんですけど」

「な、な？　ノアもそう思うだろう？　この三人でやっていこうぜ！」

どうしてこの二人はこんなに乗り気なの？　私の考えが間違っているの？　やっぱり育ちが違うからかな、二人は孤児院で育ってきたからこういうことには積極的なのかもしれない。

それに比べて私は自由になったばかりだし、今まで抑圧されて生きてきたから、環境の変化についていけない。ちょっと待てよ、変わらないといけないのは私かもしれない。

これから新しい環境に身を置くんだ、今までのままだったらいけないと思う。新しいことをやるのに一人じゃ不安だけど、誰かがいるこの状況は得難いものかもしれない。

一人で生活するのは不安なことばかりだけど、誰かがいるだけでその不安が解消されるかもしれない。出会ったばかりの二人だけれど、今までの様子を見るにこの二人なら大丈夫なんじゃないかって思えてくる。

もし、ダメになった時は逃げればいいだけの話だもん。ここは話を受けてみよう。

「分かった、三人で協力し合おう」

「その言葉、待ってたぜ！」

「良かったです」

私が承諾すると二人は手を叩いて喜んだ。こんなにいい子たちなんだから、悪いことなんて起きないよね。

そうだ、すっかり忘れていたけれど私には鑑定《かんてい》のスキルがあるんだった。召使いをしていた時はこの能力があることは隠していたから、あんまり使ってないしレベルも一だけれど。ちょっと、この二人を調べさせてもらおう。

【クレハ】
年齢：十歳
種族：狼獣人
性別：女性
職業：孤児
称号：勇者の卵

【イリス】
年齢：十歳

種族：人間
性別：女性
職業：孤児
称号：聖女の卵

……勇者の卵、聖女の卵ってどういうこと⁉

全然鑑定のスキル使ったことないから分からないんだけど、これって凄い称号なんじゃないの？

そんな凄い称号持ちがこんなに簡単に見つかっていいものなの？

というか、この称号を持っていると知れていたら孤児なんてやってなかったかもしれない。これって周りに知らせた方がいい称号なのかな、それともそっとしておいた方がいいのかな？

一緒にいて大丈夫かな、何かに巻き込まれたりしないかな。こういうのは自然と何かに呼び寄せられたり、呼んだりとかしそうだ。あぁ、どうしよう。

「ノア、どうしたんだ？」

「え、いやっ、なんでもないよっ」

「そうですか？」

「そ、そうそうっ」

きっと、大丈夫だよね。何にも起こらないよね。平穏無事に暮らしていけるよね。ついでに、自分のステータスも確認しておこう。

【ノア】
年齢：十歳
種族：人間
性別：女性
職業：放浪者
称号：？？
攻撃力：24
防御力：23
素早さ：31
体力：38
知力：62
魔力：70
魔法：生活魔法
スキル：鑑定

あれ？　私の称号の欄が「？？」になっている。以前見た時はそんな表示なかったのに、一体どうしたんだろう？

まさか、特殊な称号持ちの二人に関わったから出てきたとか？　いや、まさかね、そんなことが簡単に起こってたまるか。きっと、他のことが原因に違いない。

そう思うけれど、不安は消えない。でも、どうしていいか分からないから称号のことはほっとくことしかできなかった。

その時、クレハが声を上げる。

「そうと決まったら、町まで行くぞ！」

「あ、待ってくださいクレハ！」

急にクレハが荷物を背負いながら走り出し、その後をイリスが追う。あんなに大きい荷物を背負って走れるのは凄い、流石《さすが》勇者の卵、なのかな。私も遅れないように二人の後を追っていった。

◇

その日の夕方、人々は地面に腰を下ろした。今日はここまでのようで、私たちも地面に座り込んだ。

それと同時に二人からお腹の虫の音が聞こえてきた。

「あはは、何も食べてないからお腹が減ったぞ」

「次の町に着くまで我慢ですね」

しょんぼりとそんなことを言った二人。そうか、二人は町を出てから何も食べてないんだ、どうしてそれに気が付かなかったんだろう。ここは協力するところじゃないか。

「クレハ、そのリュックを返してもらってもいい？」

「あぁ、もちろんだ」

クレハからリュックを受け取ると、蓋を開けて中身を見る。大量の加工肉と水が入っているのに、これを分けないで仲間と言えるだろうか。

「二人ともこれ」

「なんだ？　……そ、それはソーセージじゃないか⁉」

「こんなに大量のお肉が……それに水もありますね」

「これをみんなで分けて食べよう」

そう言うと二人の目が輝き出した。でも、すぐに辛そうな表情に変わる。

「で、でもいいのか？　それはノアの物じゃないか、ウチらが食べてもいいのか？」

「大切な食糧を本当に分けてくださるんですか？」

途端に大人しくなった二人。それを見て、なんだか可笑《おか》しくなっちゃった。あれだけ協力してくれたのに、私が協力しないで誰が協力するというんだろう。

「もちろんだよ。クレハは荷物を持ってくれたし、イリスは怪我を治してくれた。それに今は仲間でしょ、助け合わないと」

「ノアッ……助かるぜ！」

「ありがとうございます、ノア」

二人は感極まったような表情をした。うん、称号とか気になるけれど、今はこれが正解だよね。

「何食べたい？　ソーセージ、ベーコン、燻製肉、沢山あるよ」

「ウチはソーセージ！」

「私もソーセージが食べたいです」

「よし、みんなでソーセージを食べよう」

リュックの中から大きなソーセージを一本取り出す。ソーセージの端っこを持つと、手をかざす。

「発火」

生活魔法の一つである発火を発動させる。すると手のひらから五センチくらいの火が上がり、ソーセージを焼いていく。

「へー、すごいな！　魔法が使えるのか？」

「生活魔法だよ、普通の魔法とはちょっと違うかな」

「それでも凄いですね。私は生活魔法が使えないので羨《うらや》ましいです」

生活魔法でこんなにいい反応が返ってくるなんて驚きだ、でも正直嬉しくなる。そのまま発火の生活魔法でソーセージを焼いていくと、いい匂《にお》いが漂ってくる。

肉が焼け、パリッと皮がはじけると美味《おい》しそうな肉汁が溢れだしてくる。うん、ここで炙《あぶ》るのを止めておこう。火を止めると、こんがりと焼けたソーセージの完成だ。

「まずは、クレハから食べる？」

「いいのか？　頂くぜ！」

ソーセージを渡すと、嬉しそうな顔をしてクレハは受け取った。そして、すぐに頬張るとパリッとしたいい音がする。

「ん～～っ、うまい！　こんなに美味しいもの、初めて食べたぞ！」

そりゃ、ご主人様が食べるはずだったソーセージだから、凄く美味しいに違いない。クレハはがつがつとソーセージを食べていく。本当に美味しそうに食べるので見ているこっちのお腹が減ってきそうだ。

もう一本のソーセージも焼くと、それをイリスに渡す。イリスは恐る恐る口にして、パリッという音と共にソーセージを食べた。

「んっ、美味しいっ」

目を見開いて、ソーセージをまじまじと見つめる。そして、味わうように一口ずつ大事に食べていった。

美味しそうに食べる二人を見ながら、自分のソーセージを焼く。いい匂いが立ち込めて、パリッと皮がはじけて肉汁がはじけ飛んだ。頃合いだ。

魔法を止めて焼きたてのソーセージを頬張る。プリッとした弾力で噛めばパリッと音を立てて簡単に噛みちぎれた。それを口の中で咀嚼《そしゃく》すれば、肉のうま味が口いっぱいに広がって堪らなくなる。

「んー、美味しい！」

召使いの時には食べることがかなわなかったソーセージを食べられて幸せだ。それに誰かとこうして美味しいものを食べると、もっと美味しく感じられる。

この先、どうなるか分からないけれど、この二人と上手く付き合っていけたらいいな。

◇

あれから歩いて四日、私たちの前に高い壁が見えてきた。

「見て、ハイベルクの町です！」

「とうとう着いたか、いやー長かったな」

イリスは喜び、クレハは感慨深く腕組をする。

「なんとか食糧がもって良かったね」

リュックの中に入っていた肉類は半分を食べ終えて、水は残り一本しか残っていない状況だった。着くのがもう少し遅れれば、危ない状況になっていたかもしれない。

「もう少ししたら町に着きますけれど、町に着いたらどうします？」

「ウチはベッドで寝たいー」

「あ、私も賛成」

「でも、お金は大丈夫ですか？」

六日間地面に寝そべるだけの生活だったから、きちんとしたベッドで寝たい。イリスだけは不安げな顔をするけど、大丈夫！

「お金だったらあるから大丈夫だよ。みんなで泊まれるように、安宿に宿泊しよう」

「いいんですか？　でも、そうしてくれると助かります」

「町に行ったら働くから、そしたら使った金は返すからな！」

みんなで安宿に泊まりつつ、あの町で働いて暮らすことができたらいいな。もう奴隷のような召使いをしなくてもいいし、やりたいことはなんだってできる。

町から追い出されたのに、私には希望があった。今までの待遇がこれ以上ないってくらいに悪かったから、後は上がるしかないよね。これからは平穏な暮らしをするんだ。

「みんなで協力してあの町で暮らそう！」

「おー！」

「はい！」

◇

ハイベルクを囲う外壁、門の周辺には町を追われた人々でごった返していた。町に入りたい人の行列が続き、時折喧噪も聞こえる。

「凄い人ですね、こんなに沢山の人が逃げてきたんですね」

「こんなに人がいるなんてビックリだ」

二人は驚いたような表情をして辺りを見回していた。私たちも町に入る列に並び、自分たちの順番を待っている。

とにかく沢山の人が詰めかけているのが分かった。列は凄い勢いで前へと進み、自分たちの順番が近づいているのが分かる。その時、門の付近から門番の声が聞こえてきた。

「ゆっくり前に進んで町に入ってくれ！　そこ、喧嘩《けんか》をするんだったら追い出すぞ！」

「通行料は取らない、だが町に入ってからは問題を起こさずに大人しくして欲しい！」

「今、領主様が対応をお考え中だ！　近日、お考えが発表されるだろう！　それまではこの町で大人しく暮らしていろ！」

良かった、受け入れられているみたい。これだったら安心して中に入れるね。でも、こんなに大勢の人を受け入れて大丈夫なんだろうか？

待てよ、こんなに大勢の人が入ったら宿屋なんてすぐに埋まっちゃうんじゃないかな。いけない、町に入ったらすぐに宿屋を探さないと、泊まる場所がなくなっちゃう。

「二人とも、町に入ったらすぐに宿屋を探しに行くよ」

「ん、どうしてだ？」

「私たちが宿に泊まりたいと思っているんだから、他の人も同じ考えだと思う。早く宿を取らないと、寝るところがなくなっちゃう」

「そうですね、すぐに宿屋を探しに行きましょう」

二人に宿のことを話すとそれもそうだと分かってくれた。せめて、今日だけでも宿に泊まりたい。

疲労が溜まった足で動いていく列について進んでいく。

◇

無事、町の中に入れた私たちは宿屋を探して町の中を歩き回った。町の中は人が大勢いて、避難してきた人たちが沢山いるということが良く分かる。こんな中で宿屋なんて見つかるんだろうか……いいや、見つけるんだ。

表通りにある宿屋はみんな高そうな佇《たたず》まいをしているから、狙い目は路地にある宿屋だ。色んな路地に入り宿屋を探していくと、一軒目の宿屋が見つかった。

「あそこなんて良さそうだぞ」

「私たちにぴったりな宿屋ですね」

「聞いてみよう」

ちょっと寂れたような宿屋を発見して浮き立つ私たち。あの宿屋なら自分たちでも泊まれそうだ。駆け足で近寄ると、扉を開けた。

「いらっしゃい」

すぐ目の前にあったカウンターにおばさんが座っていた。

「あの、三人泊まりたいんですけど」

そう言うとおばさんは険しい表情をして話し始めた。

「もしかして、避難してきた人たちかい？」

「そうだぜ」

「はぁ……そうかい。だが、あいにくここは満室になっちまってるよ」

「え、どうしてですか？」

「沢山の人が避難してきたんだ、まずは泊まる場所を確保する人がいるんだよ。ウチの宿屋もそういったお客でいっぱいになっちまったよ」

この宿屋はすでにいっぱいになっていたみたいだ。私たちはがっくりと項垂《うなだ》れる。

「もしかしたら、同じような宿屋はもう満室になっているかもよ」

「え、そうなのか!?」

「早く次の宿屋を探しましょう」

「おばさん、ありがとうございました！」

「宿屋が見つかるといいね」

会話もそこそこにして私たちは宿屋を飛び出した。

「次は手分けして探してみましょう」

「そうだな、そのほうが見つけやすい」

「それじゃあ、次の路地を探していこう」

作戦を練ると私たちは路地を駆け出した。どうにかして、今日は宿屋に泊まりたい。その思いが原動力となり、疲れた体でも元気に走り回れた。

◇

「そっちはどうだった？」

「ウチのところは宿屋がなかった」

「こっちの路地も宿屋がなかったです」

あれからずっと探していたけれど、泊まれる宿屋は見つからなかった。町中を駆け回っていたから、足が棒になっちゃったよ。疲れ果てた私たちは家の壁に寄りかかり、その場に座り込んでしまった。

「もう夕暮れだ、今日はもう無理なんじゃないか？」

「今日はどこで寝ましょうか」

辺りを見回せば夕日に染まっていて、町の人たちは帰路につく頃だ。だけど、私たちには帰るべき場所がない。途方に暮れて、クレハとイリスは体を縮こまらせる。

周囲を見回していると、親子が手を繋いで楽しそうに歩いていた。

「今日の夕食は何ー？」

「今日はね、お肉とお野菜の美味しいスープに、温かくして食べるパンよ」

「わーい、美味しそう。早く家に帰って食べよう。僕、もうお腹が空いちゃったよ」

「ふふふ、そうね。お父さんも帰ってくるし、早く帰りましょう」

その幸せそうな光景を見て、二人の表情が曇る。本当なら孤児院で暮らしていて、みんなで遊んで、みんなで美味しい食事を囲んでいただろう。それが、一瞬にして失われてしまった。もう、温かい空間には戻れない。

二人は膝を抱えて、とても寂しそうにしている。町への移動中はそんなことはなかったけど、町に入って隠された思いがこみ上げてきたんだろう。

そうだよね、十歳といってもまだ子供なんだから心細くて当たり前だよね。私は前世の大人だった記憶と召使いだった時の記憶があるから、そこまで落ち込んでいない。

ここは大人の精神を持つ私が、二人を励まして守らなくちゃね。

「宿屋がなくたって大丈夫だよ。今までだって地べたで寝ていたんだから、その延長だと思えばいい」

「そうだけどな……」

「孤児院にいた時はベッドでしたのに……」

落ち込んだ二人を見ると胸が痛くなる。どうにかしてあげたいけれど、どうにもできない歯がゆさが残った。私も落ち込みそうになる気持ちをぐっと堪えて、二人に声をかけ続ける。

「命が助かっただけでも私たちは幸運だったんだから、これ以上悪くなることはないって。今が底辺だとしたら、これからは上がるしかないよ。ね、いい暮らしをするために今は我慢だよ」

励ますように明るい声で言うと、元気のなかった二人の目に光が戻ってきた。

「……変なの」

「ふふっ、三人でいい暮らしをしてみたいですね」

良かった、少しは元気が戻ってきたみたい。落ち込んでいる暇なんてないんだから、やれることはいっぱいあるから、一つずつ消化していこう。

「じゃあ、二人とも立って。行くよ」

「行くってどこへ？」

「どこか行く場所ってありましたっけ？」

「それはもちろん、商業ギルドへ」

まずは商業ギルドで登録だ！　そしたら、明日からこの町で働けるかも。働き出したら、きっとなんとかなる！　まずはお金稼ぎから始めよう。

◇

私たちは商業ギルドの場所を聞くとそこに向かった。大通りに面したところにあって、とても大きな建物だから一発で分かった。

「ここが商業ギルドか……なんだかでかいな」

「こんなところに入って大丈夫なんでしょうか」

建物の大きさを見てクレハとイリスが物怖じしている。んー、確かにいきなりこんな建物に入るのは緊張しちゃうね。ここは私が励ましてあげよう。二人の背中を軽く叩くとできるだけ明るい声で話しかける。

「ここが始まりの場所だよ。三人一緒に働いて、いい暮らしをしようよ。きっと、前よりもいい暮らしができるようになるよ」

「……そうだよな、ウチは働ける」

「私も……負けませんっ」

「さぁ、中に入ろう」

背を押していくと、二人の足が動いた。扉を開けて中に入ると、大きなホールに出た。ホールには幾つもの受付が並んでいて、そこで話をするみたいだ。

二人の前に出ると先導するように中を進んでいく。どの窓口に話しかければいいんだろう、とりあえず開いている窓口に突撃だ。

私は二人と連れ立って開いている窓口に近づいた。すると、こちらに気づいたお姉さんが微笑《ほほえ》みながら話しかけてくれる。

「ご用件は？」

「商業ギルドに登録しに来ました」

「登録、ですか」

すると、お姉さんの表情が硬くなる。

「こちらの町に住んでいる方ですか？」

「いいえ、他の町からやってきました」

「そうですか。目的は働くことですか？」

「はい、そうです」

そこまでを話すとお姉さんは重いため息を吐いた。どうしたんだろう？

「もしかして、避難してきた人でしょうか？」

「……はい」

「お仕事を紹介することはできません」

「えっ、なんでですか!?」

厳しい態度をしてきたお姉さんに食って掛かる。そのお姉さんは険しい表情のまま口を開く。

「この町に他の町からの避難民が来ているのは分かっています。ですが、このハイベルクの町ではそれらを全てカバーできる余力がありません。沢山の人が詰めかければ、こちらの生活が圧迫されてしまいます」

「でも、私たちも生活をしないといけないんです」

「それは分かっていますが、全ては賄いきれません。まずは町民を優先です。町民の仕事が無くなるようでは、町民と避難民の間で要らぬ諍《いさか》いを生み出しかねません。それを回避するためにも、こういった制約が必要になるんです」

確かに、私たちが仕事を求めれば町民の仕事は激減するだろう。そのために町民が働けなくなることになるかもしれない。この町に税金を納めている町民の収入が減れば税金も取れなくなる。

それだけじゃなく、そうなってしまった場合に町民の怒りが避難民に向く可能性もある。すると、諍いが起こり町では問題が多発することになるだろう。問題の上に問題が積み重なり、事態は悪くなる一方だ。

「商業ギルドとして、まずは町民を優先することになりました。ですから、町民以外のみなさんに紹介するお仕事はありません」

「そんな……」

「ちなみに冒険者ギルドも同じような考え方ですよ、冒険者ギルドに行ってもお仕事はありませんからね」

そんな、冒険者ギルドに行っても仕事がないなんて！

「ですが、わずかにですが許されたことがあります。商業ギルドでは素材や薬草納品、冒険者ギルドでは魔物討伐の仕事なら開放されています。もし、働きたいと思うならこの二つしかありません」

「町の中では働けないんですね」

「はい、町の外に行ってください。それでもいいなら登録していきますか？」

「……少し考える時間をください」

「何かありましたら、申しつけてください」

私は受付を離れ、壁際に設置してあった長椅子に腰を下ろした。

「どうしましょう、仕事が受けられないなんて」

「これから一体どうすればいいんだ」

話を聞いていた二人も困惑気味、私も困惑している。まさか、商業ギルドがそういう手段に出ていたなんて。言っていることは分かっているけれど、救いの手がどこにもない。

リュックからお金の入った袋を取り出す。その中身を見てみると、ひと月も生活できないお金しかなかった。こんなんじゃ生きていけない。

「お金……どうしましょう」

「ウチら、どうなるんだ？」

悲愴感が私たちを包み込む。希望を抱いてこの場所に来たのに、絶望に落とされてしまった。その落差が大きくて、私たちのショックはとても大きい。

二人は今にも泣きそうな顔になっていて、ショックの様子が伺える。なんとかここまで励まし合いながらやってきたけれど、元々は心に限界が来ていたのかもしれない。励ましたいけれど、なんて声をかけていいのか分からない。

先行きが見えなくなった不安が私たちを襲った。頼れる人がいない中、自分たちで生きていこうと決めたのに、これじゃ生きていくことなんてできない。私たちは死ぬしかないの？

どうにかしたい、その気持ちが強いのに現実は非情だ。自分たちの力では解決できない現実に打ちひしがれる。私にお金を稼ぐ手段があれば。

いや、ある。お姉さんが言っていた納品と討伐、この二つが命綱だ。今私たちにできること、それが納品と討伐。どうにかして、この二つを請け負って生きていかなくちゃいけない。

顔を上げて二人を見てみると、二人とも落ち込んでいるように見えた。そうだよね、ここで働いていい暮らしをしようって決めた後だったもんね。大丈夫、まだ道は残っているよ。

「二人とも、話があるの」

「どうしたんだ？」

「どうしたんですか？」

「町で働くことはできない、けど納品と討伐をすれば私たちでもお金は稼げるよ。だから、この二つを受けてお金を稼ごうよ」

できる限り明るく言う。働けない制約がいつまで続くか分からない、もしかしたらずっと解けない可能性もある。それを考えると、この町で生きていくのは厳しくなるだろう。

だけど、今はそんなことを考えている暇はない。今を生きるために最善を尽くす、それが今できることだ。二人には絶望しないように、できるだけ希望のあることを言うことにしよう。

「ね、お金が稼げるんだよ。そしたら食事だって取れるし、欲しいものがあれば買い物だってできる。自由なんだよ」

働けばお金が貰えて、お腹が減ったら食事が取れて、働くのも休むのも自由に決められる。私にとってはそれだけで、召使いの頃に比べたら天国のようだ。そう、自分のことは自分で決められるんだ。もう誰にも制約されない自由が手に入ったんだ、これからは自分の力だけで生きていくんだ。もちろん、二人もいるから三人の力を合わせてだけどね。

「そうだな。なぁ、ノア……ウチは魔物討伐をしてみたい」

「クレハが魔物討伐を？　大丈夫なの？」

「ウチは体を動かしたい。自分ができるのはそれだと思う」

狼獣人だから人間より力も強くて素早い、クレハ向きのお仕事になりそうだ。

「イリスはどうするんだ？」

「私は……どうしようかな。町の中で働きたかったから」

そっか、イリスは町の中で働きたかったんだね。でもどうしようかな、納品も討伐も町の外に行くお仕事だし。イリスが町で働けるようにできるかな……。

イリスにできることに、回復魔法があった。そうだ、回復魔法の治療を売ればいいんじゃないかな。

私は長椅子から立ち上がり、先ほどのお姉さんのところへ行った。

「すいません」

「どうしたの？」

「友達は回復魔法が使えるんですが、治療を行ってお金を取ることはできますか？」

「治療院の真似事をしたいのね。ちょっと待ってて、聞いてくるわ」

真剣に話を聞いてくれたお姉さんは受付の奥へ行き、他の人と話をした。しばらく会話をして、そのお姉さんが戻ってくる。そして、ちょっとした微笑みを浮かべた。

「許可が下りたわ、それくらいなら許容範囲になるわ」

「ありがとうございます！」

やった、許可が下りた！　急いで元の場所に戻るとイリスに事情を話す。

「イリスの回復魔法を使って、町の人たちを癒《いや》すお仕事ができるようになったよ」

「えっ……お仕事になるんですか？」

「うん、どんな怪我でもいいから癒してお金を取る。これだったら町の中で働けるよ、どうかな？」

「はい！　やってみたいです」

「やった、イリスの仕事も決定したな！」

クレハは魔物討伐、イリスは治療費、私は納品。私とイリスは商業ギルドで登録して、クレハは冒険者ギルドで登録だね。

「よし、みんなで一つずつ登録していこう」

「おう！」

「はい！」

二人の表情が明るくなった。仕事が決まって本当に良かった。私たちはこちらを見て微笑むお姉さんの受付に急いだ。

◇

商業ギルドと冒険者ギルドで登録を終わらせる頃になると、辺りはすっかり暗くなってしまった。通りには歩く人はおらず、壁際には避難民の人たちが横になっている。

「私たちもどこか休める場所を探そう」

今までは地べたの上で寝転がって寝ていたけれど、今日は石床の上で寝ることになりそうだ。石床は固そうで寝心地は悪そう、土の上で寝たほうがましなのかな？　でも、今から外への門は開いていないし、今日は大人しく町の中で寝ることにしよう。

月明りを頼りに町の中を歩くと路地が目に入ってきた。大通りには避難民が沢山いるけれど、路地には人が少なく休める場所がある。

「この路地で休もう」

私たちは路地に入ると、人がいない場所に腰を下ろした。

「ふー、今日はもうくたくたです」

「ウチも、なんだか疲れちゃったぜ」

二人とも疲れたようにため息を吐いた。私も腰を下ろしたらどっと疲れが襲ってきたみたい。今日はもう立ち上がれないかも。

「二人ともお疲れ様。とりあえず、今日はできることがやれたからいい調子だと思うよ」

「そうですね。働けば食べるものには困らなそうです」

「一安心だな。野垂れ死にしちゃうところだった」

そうだよね、働く場所がなかったら明日からどうやって生きようか悩んでいたところだ。とにかく、明日からまた精力的に動かないと、生活ができないよね。

暗がりの路地では、あちこちにある窓から明かりが漏れている。その明かりを外から見ていると、なんとも惨めな気持ちになった。みんなが温かい家の中にいるのに、自分たちは寒空の下で冷たい石床の上に座っている。

その窓に人影が映る。お喋《しゃべ》りをしながら美味しそうに温かい食事をとる風景、手を大きく動かして何かを説明しながら会話を楽しんで笑っている風景、手を取り合って家の中で踊っている風景。どれも幸せそうな光景だ。

それを三人で黙って見ていた、いや夢中で見ていた。その幸せそうな光景の中に入りたいという願望が膨らんでいく。でも、自分たちは入れない。家の中で幸せそうに暮らす人たちとは真逆の生活に胸が痛んだ。

私は気になって二人の表情を窺った。やはり、二人とも悲しそうな表情をしている。孤児院でそれなりに暮らしていけたはずが、二人にはキツイ生活になるだろう。まぁ、私も人のことは言えない。

家の中で暮らせないのは肉体的にも精神的にもキツイ。幸せの差を見せつけられているようで、心が荒《すさ》んでいくのが分かった。でも、それを直視したくなかったのか、クレハが突然声を上げる。

「とにかく、何か食べようぜ！　ウチ、お腹が減った！」

「今日は買い物できなかったから、お肉だけになっちゃうね」

「そろそろパンが食べたいです」

「ウチは肉だけでも大歓迎だ！」

から元気なクレハはリュックを下ろして、中から燻製肉の固まりを取り出した。それを受け取ると、ナイフで棒状になるように切り分けていく。

「今日はこれくらいを三本食べちゃおうか」

「そんなに食べていいのか、やったぜ！」

「わぁ、嬉しいです」

「町に着いたから、そんなに節約しなくても良くなったからね。じゃあ、焼いていくよ」

生活魔法の発火を唱えて棒状の燻製肉を焼いていく。まずは二人の分を優先的に焼いていき、焼けた都度手渡す。

「んー、美味しい！」

「孤児院にいた時よりも豪勢で幸せです」

「野菜ばっかりだったよなー。ノアはどうだった？」

「私も似たようなものだよ。残り物しか与えられなかったから、ひもじい思いをしていたよ」

思い出すのは召使いだった時の食事。従業員用に食事はしっかりと作っているはずなのに、私だけはみんなの残り物しか分け与えられなかった。はじめの頃は強い憤《いきどお》りを覚えたけど、それに慣れていくと何も感じなくなったかな。

本当に毎日ひもじい思いばかりで、満腹なんて夢のまた夢だったよ。

「働いたらさ、お腹いっぱいに好きなもの食べたいよね」

「それいいな！　ウチ、食べたいものいっぱいあるんだ！」

「私は甘いものが食べたいです」

「みんなでお金を貯めたら、好きなものお腹いっぱい食べようね！」

「おう！」

「はい！」

楽しみが増えるとやる気も上がるからね、楽しいことは常に考えておこう。二人とも表情が明るくなったし、明日も頑張れそうかな？

二人分の燻製肉を焼き終えると、今度は自分の分を焼いて食べる。最後の水を三人で順番に飲み干すと、夕食の時間は終わってしまった。

「明日は必要なものを買いに行って、瓶に井戸水を汲んでこよう。それから、それぞれの仕事をやりに行く感じでどうかな？」

「いいんじゃないでしょうか。まずやることがあるから、働いても半日ってところですか」

「だったら、ちゃちゃっとやること終わらせて働きに行こうぜ！」

二人ともやる気は十分だ、これだったら明日問題なく仕事ができそうだね。明日の予定を話し終えると、眠気が襲ってきた。

「そろそろ寝ましょうか」

「石床の上だから固くて痛いな」

「今日は我慢しよう。明日、毛布を買って包《くる》まって寝ようね」

三人で引っ付くように寝転がる、やはり石床の上は冷たくて痛い。それは三人とも思っていることだけど、口に出すのを我慢する。口にしてしまえば、惨めな思いが強くなるからだ。だから、良いことだけを口にする。

「明日、毛布に包まれるのが楽しみだ」

「ふかふかの毛布が買いたいです」

「いい毛布が見つかるといいね」

横になると強い眠気が襲ってきて、瞼《まぶた》が凄く重たくなる。みんなの声も段々と小さくなっていき、寝息が聞こえるようになった。おやすみなさい。

◇

翌朝、差し込んでくる日の光で目が覚めた。

「おはよう」

「はよう」

「おはようございます」

のっそりと体を起こすと、体のあちこちが痛くなっていた。石床の上で寝るのがこんなにも大変だったなんて知らなかった。召使いの時でも藁《わら》ベッドで寝られていたから、住む場所がないってこんなにも辛いことなんだな。

それは二人も同じなのか、体を動かしたり、痛いところを擦ったりしている。危険な外で休むべきか、安全な内で痛い思いをして我慢するか、どっちかしか選択肢がない今の状況が辛い。もっと、いい場所で寝たい。

しばらく三人で座りながらボーッとしていると、通りの方が賑《にぎ》やかになってきた。どうやら他の避難民も起きたみたいだ。

「これからどうしましょう？」

「まず、井戸を探そう」

「よっしゃ、動くか！」

クレハが元気よく立ち上がった。良かった、一日で疲れが飛んだんだね。私はまだちょっと体が重たいや、動いていたら軽くなるかな？

三人は立ち上がると、井戸を探して路地を歩いた。すると、進んだ先に円形状の広場があり、その中央に井戸があるのを見つける。

「井戸、あったぞ！」

「早速汲みましょう」

クレハが駆け寄り、イリスがやる気満々に手で拳を作った。まだ、朝が早い時間だからか町民は出てきていない。迷惑にならないよう、早めに井戸水を頂戴しておこう。

井戸の傍に近寄るとクレハが井戸から水を汲んで、汲んだ水をイリスが丁寧に瓶に入れる。とりあえず、一人二本分は確保しておかないとね。

「その分だけでいいよ」

「全部入れないのですか？」

「全部入れたら重たいからね。その日必要な分だけ入れておこう」

「分かったぜ！」

六本分の水入りの瓶を手に入れることができた。リュックに入れるとすぐにその場から立ち去り、通りを目指して歩いていく。だんだんと通りに近づいてくると、いい匂いが漂ってきた。

「お店が開いているんですね」

「美味しそうだ」

避難民のために食事処が開いている、ということはないと思う。売れると思っているから、食事処が開いているんだと思う。通りを見ると匂いにつられて動く人と動かない人がいるのは、それぞれで金銭状況が違うせいかな。

お金のある避難民は屋台に並び、好きな食べ物を買って食べている。とても美味しそうにかぶりつき、大人も子供も幸せそうな顔をしていた。

その光景を私たちは羨ましそうに見つめていた。お腹が減ったら、自由に好きなものを食べられる環境が羨ましかった。同じ避難民でも境遇が違うだけで、こんなに差が出るなんて……惨めな気持ちになる。

二人はそんな光景を羨ましそうに見つめた後、悲しそうに顔を背けた。あんな風に物を買うことができない今が辛くて仕方がないと言っているみたいだ。頼れる人もおらず、手持ちもない、そんな現実をまざまざと見せつけられた。

私はリュックのポケットに入ったお金を確認した。まだ余裕はあるよね。それに今日から働くことになるから、お金は増えてくれるだろう。だから、食べ物くらいは好きなものを食べたい、他の状況が悪いせいか強くそう思う。惨めな思いを少しでも二人にさせたくなかった。

「よし！　二人とも、朝食は何か買って食べよう」

「えっ、いいのか？」

「本当ですか？」

「うん、今日から働くことになるし、しっかり食べてしっかり働こう」

「やったぜ」

「嬉しいです」

食事を買うことに決めると二人とも嬉しそうにしてくれた。うんうん、朝は元気が一番だね。早速通りに出て、食事処を探していく。

どうやらこの近辺にあるのは屋台が多く、開いているお店形態の食事処は少ない。

「二人とも何が食べたい？」

「ウチ、肉！」

「私はパンが食べたいです」

「えーっと、あ！　あそこなんていいんじゃないかな」

その屋台で買った人の商品を見て、ここだと思った。並んでいる列に並び、自分たちの番を待った。

しばらく待っていると、自分たちの番がやってくる。

「何にする？　肉チーズサンドイッチ、卵野菜サンドイッチがあるよ」

「ウチ、肉チーズサンドイッチ」

「私は卵野菜サンドイッチをお願いします」

「私も卵野菜サンドイッチで」

「あいよ！」

おばさんは切り込みを入れたパンに具材を挟みこみサンドイッチを完成させた。

「肉が五百五十エル、卵が四百五十エルだよ」

「えーっと……はい、千四百五十エル」

「はい、毎度」

「やった、早く食べようぜ！」

お金を払い、サンドイッチを受け取る。すると、クレハが待ちきれないとばかりに通りの壁際に走っていき、その場に座った。私たちもクレハを追い、同じように壁際に座る。

「んまーーい！」

早速クレハはサンドイッチにかぶりつく。美味しそうにがつがつと食べるクレハを見て、私とイリスは顔を見合わせて笑った。それから、私たちもサンドイッチにかぶりつく。

「美味しいです」

「うん！」

爽やかなソースがかかった卵野菜サンドイッチは味わい深くてとても美味しい。久しぶりに食べるパンの味はいつも以上に美味しく感じられた。いい一日の始まりだ。

◇

朝食をゆっくりと食べた後は買い物に出かけた。まずは魔物討伐をするクレハの武器を買いに行く。

武器屋を探して中に入ると色んな武器が店頭に飾られていた。

確認してみたけれど、どれも高価なもので手が出せない。でも、部屋の片隅に置かれた箱を見ていると、見習い作品と中古品の文字が書かれているのを見つける。これだ！　そう思って値段を調べると、自分たちでも買えるくらいの値段だった。

その中から、一番できが良さそうなショートソードを選び、鞘《さや》とベルトもつけて購入した。所持金の半分以上減ったので、痛い出費だ。でも、これから働くんだから、必要経費だよね。

武器屋を出た後は雑貨屋に行った。雑貨屋では私とクレハの背負い袋、財布になる袋と毛布を三つずつ購入した。所持金は殆どなくなってしまう。

その残った所持金で事前に昼食を買うと、もう何も買えないくらいお金がなくなってしまった。今日頑張って働かないと生きていけなくなる。

もう、後戻りはできない。殆どなくなったお金を見ていると、辛くて顔が歪《ゆが》む。それは二人も同じで不安でいっぱいな顔をしていた。ここでダメなら、もう終わりかもしれない。そんな不安が私たちを襲った。

そんな不安を払拭《ふっしょく》するように、二人の指導を始める。イリスには治療を売り込むためのセールストーク、値段の設定、立ち振る舞い方を教えた。人からお金を貰うんだから、この辺はしっかりとしないといけないと思う。

クレハには一度冒険者ギルドに行き、資料室を使って近辺に生息する魔物を教えた。初心者向けの魔物、生息地、弱点、お金になる素材を教えた。

討伐対象のことだけじゃ不安だったから、初心者の剣の扱い方という本を見つけたので、クレハに読んで聞かせた。剣の握り方、立ち方、振り方、防御の仕方、様々なことを教えた。一気に沢山のことを教えたので、クレハはちょっと混乱していたみたいだ。

私は周辺に生えている素材のことを調べるだけで終わった。行こうと思っている場所にはそんなに種類はないし、金額も高くないものばかりだ。私の場合は数の勝負になりそうだ。

そんなこんなで、仕事前の準備は正午までかかってしまった。買い置きしていた昼食を食べ、いよいよ三人が分かれる時がくる。

「じゃあ、二人とも。私が言ったことは忘れないようにね」

「分かったぜ！」

「分かりました」

二人に確認すると元気よく答えてくれた。あとはそれぞれの頑張りにかかっている。

「もうお金が無くなったから、今日稼がないと物を買えなくなる。でも、安心して。まだお肉は残っているし、食べるものも数日分は残っている。無理する必要はないけれど、できるかぎり頑張って欲しいの」

「ウチは初めての魔物討伐だからドキドキだぞ。けれど、やらなきゃいけないって思うと、力が湧《わ》いてくるんだ。だから、ウチ……頑張ってくるよ！」

「私も、色んな人に話しかけないといけないのがとても緊張するのですが、そうしないとお金は稼げません。だから、沢山の人に話しかけて、治療のきっかけを作ろうと思います」

クレハは両手を握ってやる気十分、イリスは両手を組んで決意をあらわにした。うん、二人とも大丈夫そうだ。

「それじゃ、みんなで頑張ろう！」

「おう！」

「はい！」

お仕事が始まった。

◇

「さて、ここが私の職場か」

私は町を出て、街道を少し歩いた平原までやってきた。ここの平原にいる魔物はランクの低い魔物ばかりで、簡単に逃げることができる。初心者が採取をするにはうってつけの場所だ。

普通に素材を探すと時間がかかって、きっと思うように稼げないと思う。だけど、私は鑑定のスキルが使えるから、これを使わない手はない。

召使いの時は鑑定の使い道なんてなかった。だから、全く鍛えていないレベルは一のまま。一生、奴隷のような召使いだと思っていたから、向上心を失っていたせいだ。

でも、自由になった今だったらこの鑑定を活用することができる。異世界転生してからろくな生き方をしてこなかったけど、これからは違う。どんなこともできる。

私の人生はここから始まるといってもいい。遅いスタートになったけれど、これからは自由に平穏に生きていこう。そのために、今日の素材採取は成功させなければならない。

「二人のためにも、沢山素材を採取しよう」

やる気を漲《みなぎ》らせた。平原に向けて手をかざすと、早速力を発揮する。

「鑑定！」

辺り一帯を鑑定した。すると、とてつもない情報が頭の中に流れ込んでくる。

アイテム名：雑草。アイテム名：雑草。アイテム名：雑草。アイテム名：雑草。アイテム名：雑草。アイテム名：雑草。アイテム名：雑草。アイテム名：雑草……。

「うわっ、本当に出てきたよ」

範囲を指定して鑑定をしてみると、範囲にあるもの全てが検索に引っかかった。一つずつ情報を精査していく……うん、この一角には雑草しか生えていないらしい。

スキルを解除すると、鑑定結果がフッと頭の中から消えた。

「ふぅ、とりあえず検証は成功かな。でも、結果は雑草ばかりだったから、成果はゼロ」

この一回の鑑定にかかる負荷は少なかった、というより情報が一度に押し寄せてくる負荷くらいなものだ。マジックポイントとかは消費しないで使えるらしい。というか、スキルだからマジックポイントとかは必要ないのかな？

とにかく、このやり方で素材を見つけていく。そうすれば、普通に見つけるよりも早く採取できるからだ。いちいち、草をかき分けて探す方法が時間かかり過ぎなんだよね。

今度は別の範囲に手をかざして、鑑定を発動させる。

「鑑定！」

するとﾞ、再び凄い量の情報が頭の中に入ってきた。圧倒されてしまうが、負けじと情報を一つずつ精査していく。えーっと、雑草、雑草、雑草……。

「あっ！」

一つだけ違う情報があった。すぐにその情報が出ている場所に向かって、しゃがみ込む。そして、邪魔な雑草をかき分けると、他とは違う草が生えていた。

アイテム名：ヒビ草

「あった、薬草だ！」

冒険者ギルドの資料室で見た薬草を発見することができた。確か適した採取方法は根を掘り起こして、根が付いたまま保存する、だったよね。

ヒビ草の周りを手で掘り返し、優しくヒビ草を抜く。スポッと地面から抜けたヒビ草。

「やった、一つ目の素材ゲット！」

抜いたヒビ草は背負い袋の中に入れて、これで百五十エルだ。小さい金額だけれど、塵積《ちりつも》精神でどんどん見つけていこう。

それにしても鑑定したのに、情報量が少ないのはレベルが低いからかな？　こんなことなら、召使いの時に鑑定レベルを上げておくんだったな。そしたら、他にもいい情報が見られたかもしれない。

まぁ、今そんなこと言っても無駄だよね。とにかく、数を集めなくちゃいけないんだから頑張らなきゃ。この一帯の素材を根こそぎ採る勢いでどんどん見つけていこう。

立ち上がった私は少し移動をして、再び手をかざして鑑定をする。途端にものすごい量の情報が頭に流れ込んできて、圧倒された。

「えーっと、素材……素材はっと。ここにはなさそうだね」

鑑定の力を切ると頭の中にあった情報がフッと消えた。少し移動をして、また鑑定の力を使う。また物凄い雑草の情報量に押しつぶされそうになりながらも、素材を探していく。

アイテム名：ワージ草

「あった！」

情報が出た場所に向かい、しゃがむ。草をかき分けると、そこにはヒビ草とは違う形の草が生えていた。

「よしよし、いい調子」

ヒビ草と同じく手で掘り起こして、丁寧に根から引っこ抜いた。背負い袋に入れて立ち上がると、移動をして手をかざした。

「どんどん、素材を見つけていくよ。鑑定！」

今日は半日しかないから、ガンガンやっていくよ！

◇

「あっ」

ふと、見上げた空では日が傾いていっている。そろそろ切り上げないと、暗くなっちゃう。私は最後の素材を手で掘り起こして抜いた。

「ふふふ、こんなに素材を採取できるなんて」

背負い袋を下ろして中を開けると、いっぱいに入った素材の山が見える。鑑定のお陰で探す手間が省けた分、こんなに採取することができた。ちょっと頭が重くてフラフラするけれど、成果は凄い。

「よし、町に戻ろう。どれくらいお金が稼げるのか楽しみ」

軽い足取りで私は町に戻っていった。

◇

夕日に染まる通りを進んでいくと、目の前に商業ギルドが見えてきた。遅れないようにと急いで中へ入ると、終業前だからか人はそんなにいない。えーっと、素材買い取りは……あそこでいいのかな？

空いている受付に並ぶと、お姉さんが対応してくれた。

「本日はどうしましたか？」

「素材の買い取りをお願いします」

「では、ギルドカードと素材を出してください」

お姉さんに言われた通りギルドカードを出し、背負い袋から素材をごっそりとカウンターの上に置いた。その量を見てお姉さんは驚いた顔をする。

「凄いわね、これ今日一日分なの？」

「はい、採取は得意なので沢山採れました」

「得意なことがあるっていいわね。今からチェックをして、精算するから待っててね」

お姉さんは採ってきた素材の一つずつ検品を始めた。

「うん、どれも適切に処理されているわ。ここまで丁寧に処理されているのはとても助かるわね」

「資料室で素材の採取の仕方の本を読んだので、その通りにしました」

「あら、そこまでしてくれたのね、助かるわ。あまり本を確認しない人もいて、適当に素材をむしってくる人が多いから大変なのよね」

素材ってどこまでが素材なのか分かりづらいこともあるよね。私も資料を見なかったら、適当にむしっていたところだよ。

しばらく待っていると検品が終わり、精算となった。

「合計で一万三百エルになるわ」

「そ、そんなに頂けるんですか!?」

「えぇ、もちろんよ。しかも、処理が良かったから少しだけ高く買い取らせてもらっているわ」

たった半日で一万エル以上も稼げちゃった、これって凄くない？　余裕で三人分の一日の食費が賄える金額だよね、自分がこんなに稼げるなんて思ってもみなかったよ。

しかも、初めての収入だ。召使いの時はどれだけ働いてもお給料なんて貰ったことがないから、実質これが初めて貰うお金になる。

「はい、ここに置いておくわね」

受け皿みたいなところに銀貨と銅貨が置かれた。おお、初収入だ。震える手でお金を取ると、手のひらの上でじゃらじゃらと硬貨も震えた。

「どうしたの、そんなに震えて」

「初収入なので、嬉しくて」

「あら、そうなの。でも、そろそろ商業ギルドが閉まるから、早く出ていってね」

「すいません、すぐに」

背負い袋の中から硬貨を入れる袋を取ると、中に貰ったばかりの硬貨を入れる。なくさないように背負い袋の中に戻すと、足早に商業ギルドを後にした。

商業ギルドを出ると、その場に立ち止まり大きく深呼吸をした。じわじわとこみ上げてくる嬉しさで顔がにやけてくる。初めての収入だ、こんなに嬉しいことはない。

しかも、思ったよりも大きな金額を手にすることができた。この調子でどんどん素材を採取していったら、どんどんお金が溜まっていく。

今は住む場所もなくて、その日生きていくだけの食べ物しか買えない。だけど、少しずつお金を貯めることで色んな物を買えて、生活が充実していく。

私の目標は平穏無事に暮らしていくこと。奴隷のような召使いの生活を送ってから、それがどれだけ貴重な幸せなのか思い知った。だから、そのために必要なことはやっていくつもりだ。

「よし、みんながいるところへ行こう」

今日の集合場所は冒険者ギルドにしてある。きっと二人は待っているだろう、早く行かなくっちゃ。

私は夕日に照らされた通りを走っていった。

◇

通りを進んでいくと、冒険者ギルドが見えてきた。近づいていくと、壁に寄りかかっている二人を見つける。

「クレハ、イリス！　おまたせ！」

「おお、遅いぞノア！」

「おかえりなさい！」

名前を呼ぶと、二人はこちらを見て笑顔で出迎えてくれた。

「心配してたんだぞ。もしかしたら魔物に襲われているんじゃないかってイリスが」

「クレハだって、話を聞いたら動揺してたじゃないですか」

「あはは、遅くなってごめんね」

言い合いを始めそうになるところをなだめて落ち着かせた。

「とにかく、今日はお疲れ様。早速、今日の成果を確認しようか」

「まず、ウチからでいいか？」

クレハはポケットから袋を取り出すと、それを広げて中身を見せてくれた。

「ウチは二千百エル稼いだぞ！」

「凄いですね！」

「やったね、クレハ！」

二人で褒めてあげると、クレハは満足げな笑みを浮かべた。

「へへっ、ちょっと怖かったけど、なんてことなかったさ！　ウチの凄い剣捌きを見せてあげたかったぜ！」

そう言って、剣を振るう振りを見せた。そっか、初討伐を成功させたんだよね、クレハは凄いなぁ。

すると、イリスも袋を取り出して中身を開いた。

「私は千八百エル、稼ぎました。とにかく、通り過ぎる人に手あたり次第に話しかけて、治療が必要な人に回復魔法を唱えました」

イリスも頑張ったみたいだ。人からお金を頂く仕事だから、そう簡単にはいかないと思ったけど、しっかりと稼げたようで良かったな。

「足を止めてくれる人がいなくて大変だった時もありましたが、頑張って呼び込みしたお陰で稼ぐことができました」

「イリス、やったな！」

「稼げて良かったね」

「はい！」

二人でイリスを褒めると、イリスは明るい笑顔で答えてくれた。ということで、最後は私の発表になるね。

「私が稼いだ金額は……一万三百エルです！」

「えぇ、そんなに稼いだんですか⁉」

「す、凄いじゃないかノア！」

私が金額を伝えると、二人はとても驚いた様子で声を上げた。

「無理とかしてないですか？」

「ちょっと頭が痛かったかな」

「体とか平気か？」

「何度もしゃがんだから膝がちょっと痛いかな」

「回復魔法します？」

「そこまで必要ないから、大丈夫だよ」

二人とも信じられない、といった表情をしてこちらを探ってきた。その後、しばらく無言だった二人。どうしたんだろうか、と疑問に思っていると突然抱き着いてきた。

「凄いな、ノア！」

「やりましたね、ノア！」

わっ、ビックリした。でも、悪い気はしない。こんなに喜んでもらえて、頑張ったかいがあったよ。

「ウチ、こんな金額じゃみんなを食わせられないってちょっと落ち込んでたんだ。でも、ノアのお陰で食べ物を買えそうで安心した」

「私も、思ったよりも稼げなくて落ち込んでいたんです。生活するには足りないかも、と思っていたんですがノアが沢山稼いでくれて安心しました」

そっか、二人とも不安だったり落ち込んだりしていたんだね。私が頑張ったから、二人が負い目を感じることがなくなって本当に良かった。

抱き着いていた二人が離れると、笑顔を見せてくれる。

「ありがとな、ノア」

「ありがとうございます、ノア」

「ううん、二人がいるからこそ私は頑張れたんだよ。こちらこそ、一緒にいてくれてありがとう」

気持ちがほんわかして温かくなる。三人でニコニコと笑い合うと、もっと嬉しくなる。みんなと一緒に行動できて本当に良かった、一人だったらどうなっていたか分からないよ。

その時、クレハのお腹の虫が鳴り響いた。

「あ……へへっ、お腹すいちゃった」

「ふふ、私もです」

「じゃあ、夕食でも食べようか」

もう日が沈みそうになっている、まだ明るさがある内に夕食を食べてしまいたい。そうだ、折角の初収入なんだからちょっと奮発をしてもいいよね。

「ねぇ、今日の夕食は残った肉以外にも何か食べようか」

「わぁ、いいんですか？　じゃあ、何を食べましょうか」

「ウチは肉があればいいぞ！　今日は沢山食べたい！」

「私はパンが食べたいです」

「私はチーズが食べたいなぁ。そしたら、パンとチーズを買って、挟んで食べようか」

「なんだか、美味そうだな」

「賛成です」

「じゃあ、買いに行こう！」

私たちは通りを駆け出していった。

◇

閉店直前のお店に滑り込み、なんとかパンとチーズを手に入れた。私たちは昨日眠った路地に戻り、夕飯を作り始める。すると早速クレハが燻製肉の固まりを取り出した。

「ウチ、食べたい分切ってもいいか？」

「もちろん、いいよ。イリスも自分の分を切り分ける？」

「はい、やってみたいです」

クレハにナイフを渡すと、燻製肉を切り始める。かなり分厚く切り落とした燻製肉を見て、クレハはご満悦だ。イリスもクレハほどではないが、厚めに切り落とした。

「それじゃ、焼くよ」

両手で持った燻製肉を生活魔法の発火で炙り始める。すると、肉の焼けるいい匂いがして、脂が少し垂れてきた。

「へへっ、いい匂いがしてきた。このままかぶりつきたいー」

「もう、クレハったら。パンに挟んで食べるんですよ」

「分かってるってばー」

クレハの気持ちも分からなくはないけど、ここはイリスの言った通りにパンに挟んで欲しいところ。

肉が焼けると、半分に千切ったパンの上に乗せ、その上から買ってきたチーズを乗せる。

それから、また発火の火でチーズを炙るとトロトロに溶けてちょっとだけ焦げ付いた。

「んー、いい匂い」

「早く食べよう！」

「そうだね、早速食べようか」

肉と溶けたチーズをパンで挟めば夕食の完成だ。路地にある壁に背を預けると、三人で顔を見合わせてパンにかぶりつく。

「んっ、んっ、んー！　美味いな！」

「美味しいです」

「チーズがいい味だしてる」

一口食べれば三人で笑顔になる。お肉のジューシーさとチーズの濃厚な味が合わさってとても美味しく感じた。

「朝食べた肉チーズサンドイッチよりも美味しいぞ」

「そうなのですか？　きっと朝食べたものよりも、いい品なんでしょうね」

「確かに、リュックに入っていた肉はどれも美味しかったからなー」

「まだまだ食べたいけど、あと肉ってどれくらい残っている？」

「あと二日分ってところかな」

「そっかー……もう少しで食べられなくなるのかー」

クレハは肉が残り少ないことを知って、とても残念そうにしている。普段の生活をしていれば、絶対に食べられないくらいの肉だったから、本当にこれで最後かもしれない。

悲しい顔をしたクレハは真剣な表情でサンドイッチを見つめた。

「このサンドイッチの味とももう少しでさよならか。しっかりと味わって食べよう」

「んー、このお肉のジューシーな脂が堪りません」

二人は名残惜しむかのように、ゆっくりと食べ始めた。持ってきた美味しい肉が無くなれば、その辺りで売っている食事を買わなくてはいけない。味が落ちるのは仕方ないけど、寂しいな。

三人でもぐもぐとサンドイッチを食べながら、瓶に入った水を飲む。夢中で食べていくと、あっという間に食べ終えてしまった。

「あーあ、終わっちゃった」

「ごちそうさまでした」

クレハは残念そうに悲しい顔をして、イリスは無くなったサンドイッチに向かってお辞儀をした。

食事が終わり、後は寝るだけだ。イリスに預かってもらった大きなリュックの中から毛布を取り出すと、三人でそれに包まれる。

フワフワの毛布は頬ずりすれば、とても気持ちがいい。昨日は固い石床の上で寝たけれど、今日は毛布に包まって寝るから、少しは痛さが軽減するだろう。

「暖かいですね」

「暖かいなー」

「こんなに気持ちいい毛布に包まるのは初めて」

「孤児院の毛布はペラペラだったぞ」

「凄く薄かったのは覚えています」

「私もそんなんだったよ」

三人ともここに来る前はいい暮らしをしていなかった。食べるもの、着るもの、住むところ、全てが最低限。孤児院がどれくらい厳しい環境だったかは分からないけれど、いい暮らしはしてこなかったみたいだ。

だから、ちょっと聞いてみたくなった。

「ねぇ、孤児院での暮らしと今の暮らし、どっちがいい？」

私は断然今の暮らしがいい。召使いの時は奴隷のように働かされていたから、自由になった今では天国にいるみたいだ。厳しい仕事もないし、殴りつける人もいない、私にとっては素晴らしい暮らしだ。

でも、そんなことがなかった二人はそうは思っていないんじゃないだろうか？　そう思うと、ちょっとだけ不安になってきた。だから、聞いてみたくなった。

「んー、そうだな。ウチはどちらかというと、今のほうが好きだぞ。孤児院にいる時は好きな時に好きなことができなかったしな」

「やりたいこともできませんでしたしね。ただ寄せ集められて、なんとなく生きている感じでした。なんていうんでしょう、やりがいがなかったです」

「今は働かないと食べられないところが大変だけど、ウチは嫌いじゃないぞ。食べるために動くっていうのも案外楽しいしな！」

「大変なことはありますが、なんとなく生きていた孤児院の時よりは今の方が楽しいです」

二人とも今の暮らしでも大丈夫だと言ってくれてホッとした。もし、嫌だと言われたらどうしようかと思ったね。そしたら、生活改善にもっともっと努力しないといけなくなるのかな。

「そういうノアはどうなんですか？」

「私は断然今の方がいいよ。前は奴隷のように働かされていたし、自由なんて殆どなかった。だから、自由になんでもできる今が好き。今が楽しいよ」

「そっか、ノアも楽しいか。ウチも楽しい！」

「ふふっ、私もです」

大変なことはあるけれど、二人とも楽しく思ってくれていて本当に良かった。突然、協力しないかって言われた時は驚いちゃったけど、今では協力して良かったたって思う。

「二人に話しかけられて良かったよ。そうじゃなかったら、今頃どうしていたか分からない」

「私たちだってそうです。もしかしたら、お腹が空いて町に来られなかったかもしれません」

「町に着いても何をしたらいいかきっと分からなかった。でも、ノアがいてくれたお陰でなんとかなった」

三人が一緒にいたからお金を稼ぐ手段を手に入れられたし、こうして食事を取ることだってできるし、毛布に包まることもできる。一人でいたらここまでできなかったかもしれない、誰かがいてくれたからここまでできたんだと思う。

「明日からまた頑張ってお金を稼ごうね。そして、色んなものを買って生活を豊かにしていくの」

「ウチは肉が食べたい！」

「もう、クレハはそればっかり。私はその内家に住みたいです」

「そうだ、それだ！　ウチも家に住みたい！」

「三人で家に住めるように頑張ってお金を貯めようか」

そうだよ、家に住まないといけない。こんな路地で寝転ぶ生活をずっと続けるわけにはいかないから、いずれ家に住めるだけのお金を稼がなくちゃいけないね。

「フカフカのベッドで寝たいですね」

「凄く気持ちよさそうだぞ」

「いいね、フカフカのベッド。お金を貯めて、家に住んで、フカフカのベッドで寝て、美味しいものを食べて」

考えれば考えるだけ夢が広がっていく。あれが欲しい、これも欲しい。あーしたい、こーしたい。溢れてくる考えは、心を豊かにする。

「みんなで明日から頑張るぞ」

「はい、頑張りましょう」

「頑張るぞー」

三人で話していると、心が落ち着いてきて眠たくなってきた。重たくなった瞼を閉じれば、すぐに夢の中だ。

◇

翌朝。井戸に水を汲みに行った後に屋台で朝食を買って食べる、一日の始まりだ。

「荷物はイリスがよろしくね。肉も少ないし、毛布くらいしか入っていないけれど、大丈夫？」

「はい、任せてください」

「イリス、頼んだぞ」

肉の入っていたリュックに毛布を詰め込み、それをイリスに渡す。外に行く私やクレハが持てば邪魔になるから、町の中にいるイリスが持つことになっている。

「今日は一日働けるから、昨日よりも稼げると思う。無理はしないで欲しいけど、頑張って稼ごうね」

「もちろんだぞ！　毎日肉が食べたいから、ウチは頑張って魔物討伐で稼ぐぞ！」

「昨日よりも時間があるので稼げそうです。頑張って治療してお金を稼ぎますね」

みんなで声を掛け合って気持ちを一つにする。今日も稼ぐぞ！

「昼食は持ったね、水も持った」

「ウチは武器も持った！」

「うん、大丈夫です」

「よし、行こう」

「おう！」

「はい！」

イリスは町の中、私とクレハは町の外へと出かけていく。町での生活は始まったばかりだ、少しでも家での生活に近づくためにしっかりと稼ぎに行こう。もちろん、自分のためだけじゃなくて二人のためにも！

◇

あれから、私たちは懸命に働いた。クレハは魔物討伐、イリスは治療、私は素材採取。それぞれのやりたいことをして、頑張ってお金を稼いだ。

だけど、稼ぎ始めたばかりで上手くはいかないこともあった。私はできるだけ二人の悩みを解決して、なんとか仕事を続けられるように努力した。

クレハが剣の扱い方が分からないとなれば、資料室に行き剣の関連の本を探してやり方を教えたり。イリスの治療が上手くいかないとなれば、話を聞き原因を突き止めたりした。

そうやって二人の不安を取り除いていくと、二人はめきめきと成果を上げてきた。少しずつ強くなっていくクレハ、少しずつ回復魔法が上手くなっていくイリス、成長する二人を見るのはとても楽しかった。

そのお陰でクレハとイリスは一日の収入が五千エル前後で安定し、私は二万エルを稼ぐことができた。三人合わせて三万エル前後を一日で稼げる。

そろそろ宿屋にも泊まれるんじゃないか。そう思って宿屋のところに行ってみたんだけど、私たちが泊まれるような宿屋はどこも満室だった。避難民の人たちがずっと宿屋に泊まっているらしい。仕方なく私たちは路地での寝泊りを続けた。

朝、起き上がるとなんだか知らないけれど違和感を覚えた。なんだろう、知らない何かが体の中に入っているような、そんな感じだ。嫌な感じはしなかったので、そのまま朝食を食べて仕事へと向かった。

「んー、なんか変な感じ」

平原に着いてからも何かがついているような違和感は消えない。しばらく考えて、とりあえずステータスを出すことにした。

「ステータス！」

【ノア】

年齢：十歳

種族：人間

性別：女性

職業：採取者

称号：賢者の卵

攻撃力：24

防御力：23

素早さ：31

体力：38

知力：62

魔力：70

魔法：生活魔法、火魔法レベル二、水魔法レベル二、風魔法レベル二、地魔法レベル二、氷魔法レベル二、雷魔法レベル二、植物魔法レベル二
スキル：鑑定

「なんかいっぱい生えてる！」

これはどういうことだ？　称号と魔法が生えているけれど、何がどうなってこんなことになったの？　しかも、賢者の卵って勇者や聖女の卵じゃないんだから。

この称号気になるな。レベル三に上がった鑑定で調べてみよう。

賢者の卵：勇者と聖女の育成に尽力した者

えぇ、育成に尽力って……ただ剣や治療の扱い方のアドバイスをしただけなのに、どうしてそんな称号が生えるわけ？

もしかして、この魔法も称号が生えたから一緒に生えてきたんじゃないの？　ということは、この魔法は賢者の卵の付属品ってことなのかな。それなら突然生えてきた謎も解ける。

けど、未《いま》だに信じられない。きっと勇者と聖女は希少な称号なんだと思う。その希少な称号持ちを育てたから、こんな希少な称号が生えてきたのかもしれない。んー、でも納得できない。

誰もいない平原で手をかざして、体の奥底に眠る力を引き出す。なるほど、違和感を覚えていたのは魔法の力だったんだね。なんとなく、この違和感が魔法なのだと確信した。

その違和感を手に集めて、一気に放出する。

「火よ、出ろ！」

ボッ！

「わっ、出た！」

前に突き出した手の前に火が出た、魔法の成功だ。火はすぐに消えて何事もなかったかのようになっている。ボーッとしていると、ふつふつと喜びが込み上げてきた。

「やった、これで私も普通の魔法が使えるようになった！」

万歳をして一人で喜ぶ。この魔法で何ができるのかは分からないけど、何かの手段を手に入れることができたのが嬉しい。魔法で魔物討伐はちょっと怖いから、他のことで活用できないかな。

よし、一通り魔法を使ってみて、どれくらい使えるか測ってみよう。今の生活に何か役立つものがあるんだったら、活用しないと損だよね。

◇

あの後、一通り魔法を使ってみた。どれもレベル二だから弱い魔法でしかなかったけど、どれも普通に使えて嬉しかった。何に使うのかまだ分からないけれど、どれも何かに使えそうだ。

一日の半分を魔法の検証に使い、もう半分で素材採取をした。お陰で今日の売り上げは半分になっちゃうけど、仕方ないよね。蓄えもまだあるし、明日以降また挽回すればいい。

採取した素材を換金して、クレハとイリスに合流すると、食事処のお店に入っていく。安定して収入が得られている私たちはお店で食事を取れるまでになっていた。

「珍しいですね、ノアの稼ぎが低いなんて」

「一体どうしたんだ？」

食事を取りながら、今日の収入についての話になった。いつも二万以上稼ぐ私が一万しか稼いでいなかったことをクレハとイリスは疑問に思ったみたい。そうだよね、疑問に思っちゃうよね。

私は考えた。全てを話すか、ごまかすか、どちらにしようか。この先も一緒にやっていくなら隠し事はないほうがいい。私は話す決意をした。

「今日ね、体に違和感があったんだ」

「やっぱり。私の回復魔法で治しますよ」

「いや、体調が悪いってことじゃなかったんだ。どうやら、私は魔法が使えるようになったらしいの」

「ノアが魔法？」

二人は突然の話に不思議そうな顔をした。

「私に賢者の卵っていう称号が生えてきたのが原因だと思う。それが生えてきたから、魔法が使えるようになったの」

「そうなのか？」

「特殊な称号だったらしくて、私の場合は魔法が使えるようになったんだよね」

「それはおめでとうございます。魔法が使えるってすごいことじゃないですか」

イリスは魔法が使えるようになったことを喜んでくれた。祝われるのってなんだか恥ずかしい。

「でね、その称号が生えてきたのはどうやら二人のお陰だったみたいなんだ」

「ウチらの？　どうしてだ？」

「クレハには勇者の卵、イリスには聖女の卵っていう称号がついていたのが原因らしい」

「私とクレハにも称号ですか。そんな大層な称号がついていたなんて知りませんでした」

「ウチ、勇者なのか？」

二人とも顔を見合わせて不思議そうに首を傾《かし》げた。突然そんなこと言われたらそうだよね、まさか自分たちにそんな称号がついていたのなんて分からなかっただろう。

「でも、ノアはどうして私たちにその称号がついていたことを知ったんですか？」

「えっと、言っていなかったんだけど……私、鑑定が使えるんだよね」

「鑑定ってなんだ？」

「鑑定っていうのはものの情報を詳しく知ることができるスキルだよ。あんまり言いふらさないほうがいいと思ってね、今まで内緒にしてたんだ、ごめん」

頭を下げて謝ると、二人ともなんてことないと笑ってくれた。

「それで、私たちがノアの称号に関係しているってことなんですが」

「うん、どうやら二人を育てたのが原因らしいんだ。ほら、色々とアドバイスしてたでしょ？　それがきっかけになったみたい」

「ふーん、そんなことがきっかけだったんだ。ウチはもっとアドバイス貰いたいくらいだぞ」

「私もです。それが私たちの成長に繋がり、ひいてはノアが称号をもらえるきっかけになったんですね」

「そういうことみたい」

クレハとイリスは納得したように頷いた。ふー、とにかくこれで隠し事がなくなったね。

「これから魔法をどんな風に使っていくか、考えていこうと思うんだ。二人とも、何か思いついたことがあったらなんでも言ってほしい」

「分かったぞ」

「分かりました」

これでよし、と。隠していたことを話したからスッキリしちゃった。これから魔法をどんな風に使っていくか考えておかないとね、何に使えるかな？

◇

「あ、雨だ」

仕事が終わり三人で合流すると、空から雨が降ってきた。ポツポツと降る雨を見ていた私たちは焦り出す。

「どうする？」

「雨宿りできる場所ってありましたっけ？」

「とりあえず、近くにある冒険者ギルドの中に居させてもらおう」

私たちは先ほどまでいた冒険者ギルドに行くことにした。雨が降る通りを走って進み、冒険者ギルドにたどり着いた。中に入ると、同じ考えの人がいたのか冒険者ギルド内は人であふれていた。

私たちは邪魔にならないように冒険者ギルドの端の方に移動して、隅のほうに座った。

「これからどうしましょう……」

「困ったな、外で寝られないぞ」

「うん、どうしようか」

改めて思い知らされる、住む場所がないという現実を。気にしないようにしていたのに、現実を見せられると気にかかるようになってしまった。路地で寝ている現実を。

寝泊りできる場所が通りや路地しかないのはやっぱり辛いことだ。固くて冷たい石床の上で埃《ほこり》まみれになりながら寝るのはやっぱり辛い。しかも、今日に限って言えば雨が降ってきた。どうすればいいのか、途方に暮れてしまう。

気落ちする私たちにさらなる現実が突きつけられる。突然、ギルドの中で鐘が鳴り始めた。

「冒険者ギルドは終了の時間です。全員、外に出てください」

冒険者ギルドが閉まる、その現実に私たちは焦った。

「どこにいけばいいんだ」

「どこか雨宿りするところを見つけないと濡《ぬ》れてしまいます」

「何かいい場所は……」

戸惑う私たちは相談しあった。けどいい案なんて思い浮かばない。そんなことをしていると、ギルド職員が近づいてきた。

「早く出ていきなさい」

怒った顔をして追い出してきた。私たちは戸惑いながらも出入口に行き、外に出た。すると、私たちに容赦なく雨が襲いかかる。

「とりあえず、雨宿りできるところを探そう」

「そうですね、急ぎましょう」

「毛が濡れるんだぞー」

私たちは通りを走った。どこか雨宿りできるところを探して走ったが、中々見つからない。雨宿りできる場所は他の避難民の人たちが占領して、私たちが入れるスペースはなかった。

どれだけ探しても見つからず、やむを得ず誰かの家の玄関先に座らせてもらうことにした。ここなら小さな屋根があって雨を防げた。

「なんとか見つかってよかったですね」

「でも、ここは狭いんだぞ」

「他のところは取られちゃっているし、仕方ないよ」

軒下で三人でギューギューになりながら、雨を凌《しの》ぐ。その時、雨の音に混じってお腹の音が響いた。

「お腹が空いたんだぞー」

「食べ物のことを忘れてたね」

「屋台はやってないですし、お店も閉まっちゃいましたね」

「でも、やってるお店はあるぞ！」

「あれは大人のお店だから入らないほうがいいよ」

「そうか……」

クレハはしょんぼりと耳を垂れ下げる。今日は雨のせいで夕食を食べ損ねてしまった。雨は降るし、夕食は食べ損ねるし、雨宿りの場所は狭いし……大変な一日だ。

その場に座ろうとした時、後ろの扉が開いた。

「あ、やっぱり人がいたのね。ちょっと、人の家の前で雨宿りするの止めてくれない？　迷惑よ」

「でも、ウチら行くところがないんだぞ」

「そんなの知らないわよ。こっちが迷惑しているんだから、さっさとどこかに行ってよ！」

「すいませんでした。ほら、行こう」

住民の人が現れて追い出されてしまった。通りに出ると、冷たい雨が容赦なく降ってくる。

「他のところを探そう」

「また、走るのか？　お腹が減って倒れそうなんだぞ」

「頑張りましょう」

私たちはまた雨の中を走り回った。空腹のまま走ると、体からどんどん力が抜けていく。それでも立ち止まれない、気力を振り絞って色んな場所を探した。

大きな通りに面しているところは、ほとんど他の避難民に雨宿りの場所を奪われている。ということは、私たちに残された道は路地しかない。大きな通りを諦めて、小さな路地をくまなく探し回った。

全身がずぶ濡れになる頃、ようやく十分なスペースがある場所を見つけた。屋根もそこそこ広くて、なんとか横になれそうなスペースがある。そのスペースに私たちは飛び込んだ。

「スペースが見つかってよかったね。これだと、濡れなくて済むよ」

「でも、もう私たちはビチャビチャです」

「このままだと風邪を引いてしまうんだぞ」

「大丈夫。今、乾燥魔法をかけてあげるからね」

生活魔法の一部に乾燥魔法というものがある。物をあっという間に乾燥してくれる優れモノだ。その魔法を私たちにかけると、濡れていた服がみるみるうちに乾いていった。

「わぁ、本当に乾いてますね」

「元通りだ、凄い！」

「これで一安心だね。荷物にも乾燥魔法をかけておくね」

毛布の入った大きなリュックを乾燥魔法で乾かすと、中身までしっかりと乾燥することができた。

ようやく落ち着けた私たちはリュックの中から毛布を取り出して、それに包まる。

「寒いですね」

「乾燥しても、寒さがなくなるわけじゃないからね」

「夕食を食べてないから、体が温まらないんだぞ」

濡れた体はどうにかできたが、雨に打たれて奪われた体温は戻らない。それに追い打ちをかけるように空腹が私たちを襲う。食べ物を食べていないので体温も上がりにくく、非情な現実に苦しめられた。

「三人でくっ付いて今日はもう寝よう」

「雨に当たらないようにしないといけないですね」

「体は冷えるし、お腹は空いたし……早く雨が上がって明日にならないかな」

毛布に包まりながら三人でくっ付いた。空腹も寒さもなくならないけど、三人でくっ付いていると
ホッと安心できる。わずかに感じることができるぬくもりのお陰で雨が降りしきる中、私たちは眠り

につけた。

明日が今日よりいい日でありますように。

◇

ある夜、抱きしめていた背負い袋を引っ張られる感触で目が覚めた。ぼんやりとする視界の中、私の目の前に誰かがいるみたいだ。ボーッとそれを眺めていると、その人は何度も背負い袋を引っ張ってきた。

そこで、ハッと気が付く。

「だ、誰!?」

私は背負い袋をギュッと抱きかかえる。

「くそっ！」

明らかに男の声だった。その男は背負い袋を力強く引っ張ってくるが、私は離すまいと必死に抵抗をした。男が力強く引っ張り、私が引きずられる形になっても背負い袋は離さなかった。

「ちっ！」

すると、男はパッと手を放し走ってその場を去って行った。私はギュッと背負い袋を抱えたまま、その場にへたり込んでいた。心臓がドクドク鳴って煩《うるさ》くて、キュッと喉《のど》が閉まる圧迫感を感じる。

寝入っている隙に荷物を奪われそうになった。その事実が恐怖を呼び起こす。

「そうだ、二人はっ」

私は勢いよく振り向いた。二人とも毛布をかぶり、背負い袋を背負ったまま寝ているみたいだ。そっか、私だけ背負い袋を抱えていたから、すぐ盗《と》れそうって思われたんだ。

うるさく鳴る心臓を押さえながら、なんとか気を静めていく。とにかく、暴力を振るわれなくて良かった、お金が入った背負い袋を盗られなくて良かった。これで、ようやく一息つける。

周囲を確認するが、怪しい人たちはいないし狙っている人もいない。どうやら、あの男性だけみたいだ。

壁に寄りかかり、寝入っている二人を見る。とにかく、二人に何もなくて本当に良かった。こんな小さな子にあんな怖い思いはさせたくない、自分で良かったな。

膝を抱えて、冴えてしまった頭で色々と考える。やっぱり、建物の中にいないと危ない。外には避難民が沢山溢れていて、その人たちが全ていい人たちとは限らない。悪い人がいれば、さっきのように大切な荷物を盗まれてしまう。

どうにかして、建物の中で休めるようにしないと。何か手は……そうだ、魔法を使えないだろうか。

私はそのまま寝ることはせず、魔法でできることを考えた。

◇

「私たちが寝ている間にそんなことがあったんですか？」

「ノア、大丈夫か!?　怪我とかしてないか!?」

あれから眠れなくなった私は二人が起きるのを待った。起きた二人に夜にあった出来事を話すと驚いて心配してくれた。

「間一髪だったけど、荷物は盗まれなかったよ。怪我もしてないし、平気」

「そ、そうか……良かった」

「不審者が現れるなんて……怖いですね」

イリスは不安そうな顔をして背負い袋をギュッと抱きかかえた。この袋に入っているものが私たちの全てだ、盗まれたら生きていけなくなるだろう。緊張感が増して、二人とも押し黙ってしまった。

不安になるのも分かる。ハイベルクに避難してきて、ひと月が過ぎようとしている。初めは大人しかった避難民たちは変わらない状況に苛立ちを隠さなくなった。

最近の町はどこかで喧噪が聞こえるくらい雰囲気が悪くなっている。避難民同士の衝突、町民と避難民の衝突、警備隊と避難民の衝突。時間が過ぎると色んなところで問題が出始めた。

まだ領主様からは何も解決案は出されておらず、最近になって避難民向けの炊き出しが始められるようになった。それもまた避難民同士の衝突の原因にもなっている。

後手後手で進む避難民への対策、それがひずみを生み、避難民の苛立ちに変わっていった。このまま町の中にいたんじゃ、その喧噪とやらに巻き込まれるに違いない。

だから、外に出ることを考えた。

「二人とも、町で寝るのは止めて外に出よう」

「外ですか？　大丈夫なんですか？」

「ここにいるよりはいいと思うぞ。ここにいたら、また盗んでくる奴がいるかもしれない」

渋い顔をするイリス、反対にクレハは決意のこもった表情をする。

「私にいい考えがあるから」

自信満々に言うと、二人は不思議そうな顔をした。

◇

町の門から外に行き、壁伝いに門から離れていく。門から見えない位置まで来た、この辺でいいだろう。

「こんなところで何をするんですか？」

「ここで寝るのか？」

「うん、ここが今後の寝床になる」

二人はなんだかしっくりこないような微妙な顔をするだけだ。だけど、ここからが本当の寝床の姿だ。

「二人とも見てて」

両手を前にかざし、魔力を高めていく。

「出てきて、ブロック！」

魔力を解放して地魔法を発動させる。すると地面からブロックが生えてきた。そのブロックを四角い形になるように生やし、天井にもブロックを生やす。あとは出入口の部分は開けておいて……と、完成だ。

「見て、石の家！」

そこに現れたのは、出入口付きの四角い石の家だ。これが私の魔法を使った秘策、上手くいって良かった。

二人を見てみると唖然《あぜん》として石の家を見つめている。

「どうかな、ここに住もうと思うんだけど」

「魔法でこんなことができるんですね」

「すっげー、家だ」

ポカンと呆気《あっけ》にとられた二人は石の家を見つめたまま動かないでいる。まぁ、突然こんなのを作ったらそうなっちゃうよね。しばらくそのままでいると、二人がこちらを向く。

「すげーな、ノア！　こんなこともできるのか！」

「これだったら、雨が降っても大丈夫ですね。ノア、すごいです！」

良かった、喜んでもらえたみたいだ。二人は石の家の中に入っていくと、歓声を上げる。

「結構いい感じだぞ。頑丈だし、安心して眠れそうだ」

「中は意外と暖かいんですね。これなら寒い思いもしなくてすみます」

「気に入ってもらえて良かったよ。じゃあ、ここで住むことに決定でいい？」

「もちろんだ！」

「はい、大丈夫です」

これで住む場所は確保できたね。でも、ちょっと中を改装したいな。

「これから中に枯草を敷き詰めようと考えているんだ。そしたら、寝ている時は枯草の柔らかさで体が痛くならないと思うの」

「いいな、それ。じゃあ、今日はみんなで草を集めよう」

「でも、枯草なんてどこにあるんですか？　ここら一帯には普通の草しか生えていませんが」

「あぁ、それはね、私の生活魔法の乾燥で草を枯草にするんだよ」

「そうでしたか、それだったら枯草になりますものね」

少しでも住居環境が良くなるように、石の家の中に枯草を敷こう。クレハとイリスも手伝ってくれるみたいだし、仕事が早く終わりそうだ。

「よし、それじゃあ片っ端から草を抜いていくぞ」

「あ、ちょっと待って。草を抜くより、いい方法があるの」

「なんだそれ？」

「まぁ、見てて」

私は草が沢山生えた場所の目の前まで行くとその場にしゃがみ込み、手を前にかざす。それから魔力を高めていき、それを放出する。

「いけー、風魔法！」

イメージは鎌《かま》のような風。そのイメージを魔法に乗せて放つと、風が鎌のように通り抜けていく。そして通り抜けた後には、刈り取られた草が残った。

「はい、これで抜かずに済んだよ」

「すげー、すげーな魔法って。いろんな事ができるんだな」

「便利でいいですね」

「この辺り一帯全部刈り取るから、ちょっと待ってて」

向く方向をかえて、再度魔力を高めていく。そして、先ほどのように鎌のような風をイメージして放つ。それを何度か繰り返すと、一帯の草は殆ど刈り取られた。

「よし、これを石の家の中に運んで」

「おう！」

「はい！」

クレハとイリスは刈り取った草を集めて両手いっぱいに抱える。それからそれを石の家の中に運び込んだ。私もそれに続いて草を集めて抱えて石の家の中に運ぶ。

三人でせっせと運ぶと、そんなに時間が掛からずに終わった。後はこれを乾燥させるだけだ。

「二人はちょっと家から出て」

二人を家から離すと、草に向かって手をかざした。そして、魔力を高めて放出する。

「乾燥！」

すると、草がみるみる黄土色になって枯れていく。全体が満遍なく乾燥するように魔法を唱えていくと、数分後には全てが枯草になった。

「ふー、二人とも寝そべってみて」

できあがったばかりのフカフカの枯草ベッド、二人に寝転ぶように言うと恐る恐る横になった。

「うわ、フカフカになっているぞ」

「石の床の上で寝るより、断然いいです。ノアも来てください」

私も一緒になって横になってみる。すると、枯草がクッションとなって地面の固さが気にならないくらいの柔らかさになっていた。

「うん、いい感じだね」

「今日はぐっすり眠れそうだぞー」

「そういうクレハは石の床でもぐっすりだったじゃないですか」

「むぅ」

「あはははっ」

三人が十分に寝られる場所は確保できた。ここにいれば、町の中であったようなことは起きないし安心して眠れる。少しだけ肩の荷が下りたような感じがしたよ、魔法が使えて本当に良かった。

今度目指すべきは町に住むことだ、よーしお金をどんどん稼ぐぞ！

◇

路地で寝ている時に比べたら、石の家で寝るのは快適だった。やっぱり壁や屋根があると安心感が違うのか、ぐっすりと眠ることができる。下に敷いた枯草もいい塩梅《あんばい》だ。

しっかりと眠ることができると仕事も捗《はかど》った。二人の稼ぎが少しずつ上がってきて、毎日そのことで盛り上がったりする。まぁ、私も負けじと稼いできているんだけどね。

私たちの生活に希望が見え始めた。だけど、他の避難民の人たちはその逆だ。通りや路地で座り込む避難民の顔は暗く、明日への希望が感じられない。

時間が経《た》つにつれて避難民の様子が変わってきた。いざこざが多くなり、空気が常に張りつめているというかピリピリとした緊張感が漂っている。何かのきっかけで爆発しそうな雰囲気だ。

そのせいで町民が避難民を見る目が厳しくなった。今までは同情するような目だったのに、目ざわりだと言わんばかりの視線を向けてくる。町全体の空気がピリつき始めた。

領主様からは解決案も出されないまま、無駄に時間だけが過ぎていく。早く解決策を出さないと、何が起こるか分からない。毎日が綱渡りのような生活を送っていた。

そんな緊張した日々が続いていた時、事件は起こった。

私が素材採取から戻ってくると、門のところに避難民がいっぱいいたのだ。まるで町の中にいた避難民が全て追い出されたような感じに見える。

避難民たちからは物凄い怒声が上がり、この対応を非難しているように見えた。もしかしたら、町にいたイリスも出されているかもしれない、そう思ってすぐにイリスを探し始める。

怒号が止まない中を歩き回り、イリスを探す。しばらく歩いていると、見慣れた後ろ姿を見つけた。

イリスとクレハだ。

「ノア！」

「イリス、クレハ！」

「出会えて良かったです」

ようやく三人が揃った。少しの安堵《あんど》をすると、すぐに状況を聞き出す。

「この騒ぎは一体どうしたの？」

「領主様の命令で路地や通りにいる避難民は町の外で待機、という風になったみたいです。なんでも町民とのいざこざが多発したのが原因だということでした」

「急に警備隊の人たちが来て、イリスたちを追いだしたんだって。酷いことするぞ」

「そっか、そういうことなんだね」

領主様にとって大事なのは税金を支払っている町民だ。それに町にお金を落としてくれる避難民、宿屋に泊まれるくらいの財力のある避難民も大事なお客として見ているのだろう。

だから、路地や通りにいる余分な避難民を町の外に出した。いざこざの原因にもなっているので、これでスッキリしたと言えるのだろうが、問題は全く解決していない。

「なぁ、ノアどうする？　中に入れないぞ」

「そうだね。ギルドにだけ行かせてもらえるように、掛け合ってみようか」

私は怒号が鳴りやまない中、門のところで待機している警備隊に近寄った。

「あの、すいません」

「なんだ、町には入れないぞ」

「私たちギルドに用があるんですが、ギルドだけでも行かせてもらえませんか」

「ならん！　そう言って、町の中に滞在する気だろう」

「でも、ギルドに行かないとお金が手に入りません。食事だって買えなくなります」

「ダメだダメだ！　食事に関してはしばらく炊き出しを続けることになっている、それを食べろ！」

警備隊の人は聞く耳を持っていないみたいだ。どんなことを話しても、ダメだの一点張り。どうやら、一部の避難民を外に出すことは上の決定事項のようだ。だから、ギルドだけに行きたいという希望も叶わない。

警備隊の人たちから離れ、二人と話す。

「聞いてみたけど、ダメみたい。聞く耳を持っていないようだったよ」

「えー、そうなのか⁉　折角今日の討伐は上手くいったのに、ギルドに行けないなんて」

「一応炊き出しはあるみたいだから、食べるものはありそう。だけど、十分な量を食べられるか分からないかも」

「そうですよね、こんなに人がいるんですもの。それに町の中で食べることもできないのであれば、炊き出しは戦争になりそうですね」

二人ともがっかりとした表情をして肩を落とした。流石にこればかりはどうにもならない。私たちは避難民でしかないんだから、上の命令には従わなければならない。

折角軌道に乗り始めたお金稼ぎだったのに、急にダメになってしまった。二人は分かりやすく落ち込んでいて、とても可哀そうだ。気楽な言葉はかけられないけど、少しは元気になってほしいな。

「しばらくは働けなくなったけど、のんびりできそうだね。そうだ、折角だから二人のこと詳しく教えてよ。生活のことで頭がいっぱいだったから、そういう話をしてなかったでしょ？」

「ウチらのことか？　それだったら、ノアのことも知りたいんだぞ！」

「ふふっ、みんなでお喋りも楽しそうですね」

「とりあえず、家に帰ろうか」

大丈夫、私たちには帰るべき家がある。騒がしい避難民の中を抜けて、壁伝いに門から離れていく。

しばらく歩くと、自分たちの家が見えてきた。

さて、中に入って休もう。そう思って中を覗《のぞ》くと、見知らぬ男性が横になっていた。

「なっ、ここで何をしているの⁉　ここは私たちの場所だよ！」

「あぁ？　うるせぇ、見つけたのは俺なんだ。だから俺のものだ」

一瞬ビックリしてかける言葉を失ったけど、勇気を出して自分たちの場所だと主張した。だけど、男性はけだるそうにしているだけで、その場から立ち去ろうとはしない。

「そこから、出ていって。そこは私たちの場所！」

「そうだぞ、出ていけ！」

「出ていってください！」

「うるせぇ、うるせぇ！　ここは俺の場所だ、お前らこそ出ていけ！」

三人で訴えるけれど、男性は全く動こうとはしない。それどころか、この場所を自分のものだと主張し始めた。出ていってくれないと困る、ここは私たちの場所なんだ。

「出ていかないと、火だるまにするよ！」

「ウチの剣で斬られたくなかったら出ていけ！」

私は魔力を放出して火を作りだし、クレハは剣を抜いて剣先をチラつかせた。それを見た男性は一気に顔色を悪くして、慌てて石の家から飛び出してくる。

「くそっ！　お前ら、おぼえてろよ！」

男性は捨て台詞を吐いて走り去っていった。それを見て私たちは胸を撫《な》でおろした。

避難民が外に出てきた弊害が出てきたのかもしれない。三人でホッと安堵をすると、小さな笑みも零《こぼ》れてくる。とにかく何事もなくて本当に良かった、実力行使だったけれど仕方がないよね。

私たちは石の家の中に入り一息ついた。

「驚きましたね、ここに人がいるなんて」

「誰もいなかったから、つい中に入っちゃったんだと思う」

「それにしても、ノアが作ってくれた家を自分のものだと言うなんて、おかしな奴だぞ」

「これからはしばらくここにいることになりますし、奪われなくてすみますね」

居心地が良さそうに見えたんだろう。何もない地面に寝そべるよりは、壁があったほうが安心するしね。こういう場所があったら、そこで寝たい気持ちは分かる。だけど、ここは自分たちの家だ、渡すわけにはいかない。

「今日の炊き出しってあるかなー」

「どうなんでしょう。騒ぎを見る限りではなさそうな雰囲気ですが」

「えー、お腹空いたぞー」

三人で石の家の中、ゴロゴロしていると外から騒がしい声が聞こえてきた。三人で顔を見合わせると、気になって外に出てみた。すると、先ほど家の中にいた男性が警備隊の人を連れてやってきたのだ。

「ほら、ここです。こいつらが不法に家を建てた犯罪者です！」

「なっ!?」

男性は私たちを指さして犯罪者呼ばわりをした。そのことに驚いていると、警備隊の人が近づいてきた。

「不法に土地を使用した罪で君たちを連行する」

警備隊の人があっという間に私たちを取り囲み、腕を掴む。連行するって、私たち捕まっちゃうの!?　これからどうなるの!?

◇

「沙汰《さた》は追って出す。しばらくはここにいろ」

警備隊の人たちに連れられてきた建物の地下、そこにある牢屋《ろうや》に私たちは入れられた。

「なんでだよ、なんでウチらが捕まらないといけないんだよー！」

「クレハ、今は抑えてください」

「だってよー、おかしいじゃんかー」

牢屋の鉄格子を掴んでクレハは騒ぎだし、それをイリスがなだめる。すると、クレハはしぶしぶ鉄格子から離れて、不貞腐れたように壁に寄りかかった。

まさか、町の外で石の家を作っていたことが犯罪になるなんて知らなかった。町の中だったら咎《とが》められると思っていたけど、外もダメだったとは盲点だ。

「二人ともごめんね。まさか町の外に家を建てることが、犯罪だなんて思いもしなかった」

「ノアのせいじゃないぞ！　なんでもダメダメいう、あいつらが悪いんだ！」

「警備隊の言葉は言いがかりのように思いました。だから、ノアのせいじゃないですよ」

二人は私をかばってくれた、それだけでも嬉しい。それでも、捕まってしまった事実は消せない。

三人で壁に寄りかかり、ぽつぽつと喋り出す。

「これからどうなるんでしょうか」

「きっと、この牢屋から出られるぞ」

「まさか、奴隷になるってことはないよね」

「犯罪奴隷ですか？　まさか、そんな……そんなに重い罪ではないと思います」

「奴隷は嫌だぞ。まだまだ、食べたいものがあるのに」

「クレハは食べ物のことばかりだね」

「はぁ、お腹が空いたー」

呑気《のんき》なクレハを見て私とイリスは笑った。ここで考えていても仕方がない、きっとなるようになるよね。悪い扱いだけは勘弁してほしいけどね。

◇

牢屋で過ごして三日後、警備隊の人が来た。

「お前たちの処罰が決まった」

その言葉に私たちは固唾《かたず》を呑んで待つ。

「町を追われた子供たちが、町の中で暮らすことは困難であっただろうことは簡単に考えられた。だが、町の外への移住は認められてはいない。それはしっかりと罰せられなければいけない。身寄りのないことも考慮して、君たちを開拓村送りにする」

処罰は開拓村送り？

「大陸の六分の一を占める大魔森ジルキネーゼの傍にある開拓村に行ってもらう。そこだと住む土地は与えられ子供でも暮らしていけるだろう」

未踏の巨大な森の近くの開拓村、そこが私たちが住む場所になるのか。でも、本当にこんな子供に住む土地が与えられるんだろうか？

「開拓村で厳しい環境に置かれることが罰となる、そう領主様はご判断された。これが身寄りのない子供たちに対する処罰である」

身寄りのない子供のことを思いつつも、罰も与えなくてはいけない。その両方に適したものが開拓村送りみたいだ。

「言っておくが、君たちの意見は聞き入れられない。即刻、開拓村に送り届けることになっている」

そう言うと警備隊の人は牢屋を開けた。私たちが牢屋から出ると、没収されていた背負い袋と剣を返される。

「開拓村、どんなところでしょうか」

「美味しい食べ物があればいいな」

不安げなイリスと能天気なクレハ。何はともあれ、私がしっかりしないといけないよね。開拓村、一体どんなところなんだろうか。

「それじゃ、建物から出て馬車に乗れ」

こうして私たちは警備隊の人に連れられて馬車へと乗り込んだ。ハイベルクの町とはこれでお別れだ。以前の町を魔物に追われて辿り着いた町、大変なことは沢山あってもここで暮らしていこうと決めたのに。私たちは町を追い出される。

私たちは一体、どうなってしまうんだろう。不安でいっぱいになって、苦しい。でも、何としてでもこの二人は守らなきゃいけない。私は子供だけど大人の知恵がある、それを使って三人で生きていかなきゃいけない。

第二章　開拓村の問題

「開拓村フォルマに到着だ」

一か月続いた馬車の旅は終了したみたいだ。馬車の先を見てみるとぽつぽつと家が立ち並んでいるのが見える。でもどこか寂れているような印象があった。

ひと気をあまり感じないというか、活気がないというか、なんだか微妙な感じだ。開拓村っていうんだから、開拓中で作業が騒がしいものだと思っていたけど違うみたい。

寂れた村の中を進んでいくと、一軒の大きな屋敷の前に到着した。塀や門に囲まれたその屋敷はいかにも領主様がいそうな雰囲気だ。この開拓村の領主様は一体どんな人だろう、いい人だったらいいな。

そう思っていると、一緒に馬車に乗っていた案内人が外に出る。門を勝手に開けると、屋敷の扉に近づきまた勝手に開ける。何か喋っているようだが、離れていて良く聞こえない。

しばらく待っていると中から誰かが出てきて、何やら喋っているようだ。すると、案内人がこちらに戻ってきた。

「これからレマントール男爵にお前たちを紹介する。ついてこい」

呼ばれたので馬車を降りる。案内人についていき屋敷の中に入ると、執事みたいな四十代後半なおじさんが待っていた。

「では、こちらでございます」

そう言って執事の案内で屋敷内を移動する。二階に行き廊下を少し進んだ先にあった大きな扉の前に案内された。

「旦那様、お客様をお連れしました」

「入れ」

中から男性の声が聞こえると、執事は扉を開けた。扉を開けた先は執務室って感じの部屋で、窓際に設置された大きな机に向かって一人の男性が座っていた。三十代後半で赤い髪を一本に束ねている、右頬に三本の傷があり顎《あご》ひげを蓄えた大柄な男性だ。

「さっき預かった手紙で事情は分かった。だが、今初めて知った話だ、こちらの用意は全くない。随分とウチを下に見てくれたな」

「申し訳ありません。ですが、こちらの領主様の指示でありましたので」

「そういうのが気に食わんと言っているんだ」

男性は不機嫌そうに腕組をして鼻を鳴らした。もしかして、私たちは歓迎されていないっていうことかな。今聞いた話だと、事前に話を通していたわけじゃなくて、この案内人がさっき渡した手紙で状況を知ったみたいだ。

「それでは、私はこれで失礼します」

「お、おい！」

その案内人は私たちを連れてきたことで仕事が完了したのだろうか、挨拶《あいさつ》もそこそこにして部屋を出ていってしまった。残されたのはレマントール男爵と言われた男性と執事と私たちだけ。

「あー、くそ！　あの領主はここをなんだと思っているんだ！」

「旦那様のお怒りはごもっともです。事前連絡もないうえに、子供を捨てるようなことを」

「全く、困ったもんだ」

二人とも険しい表情をしている。私たちはどうしたらいいんだろう、クレハとイリスの表情を確認してみると不安げな顔をしていた。いけない、どうにかして状況を好転させなくちゃ。

「あ、あの！　私たちはどうなるんでしょうか？　この村に置いてくださらないと、行く場所がないです」

不安を隠して精一杯訴える。すると、男爵様はこちらを向いた。はじめは厳しい顔つきだったけれど、その表情が途端に緩んだ。

「こんな開拓村送りになって、大変な目にあったな。子供たちだけでこの村に来るなんて、とても大変な思いをしただろう」

男爵様は私たちに近づくと、床に膝をついて目線を合わせてくれた。

「話は手紙で知っている。俺は無理やりに開拓村送りになったとみている、違うか？」

「無理やりというか……罪を犯してここに来ました」

「正直に話してくれてありがとな」

よしよし、と頭を撫でられた。そんなに怖い人じゃないのかな？

「お前たちを受け入れる、そこは安心してほしい。この場所にいたいのであれば、存分にいてくれて構わない。だけど、困ったことがあってな。お前たちの住む家がないんだ」

「家……家ならなんとかなります」

「なんだって？」

「私、魔法が使えるんです。その魔法で石の家を作って暮らしていた時期がありました。だから、この村でもしばらくは石の家で暮らしていけます」

「仮の家か……本当にそこで大丈夫なのか？　無理はしていないか？」

「はい、生活はできると思います」

男爵様はひげを撫でながら思案しているみたいだ。

「しばらくはその石の家で我慢してほしい。この村は貧しいから、まともな援助はできないかもしれない。酷な話だが、子供のお前たちにも働いてもらわないとやっていけないんだ。それは大丈夫か？」

「働く力はあります。この狼獣人の子は魔物討伐ができますし、この金髪の子は回復魔法が使えます。私は……」

素材採取はできるけれど、それだけじゃ弱い。私の魔法で何か使えるものは……そうだ、植物魔法があった。

「植物魔法で野菜を育てることができます」

「何、植物魔法だと」

男爵様は植物魔法と聞き、目の色を変えた。どうやら当たりを引いたみたいだ。

「まだ使ったことはありませんが、確実に使えます」

「そうか……」

ふむ、と思案中の男爵様。ドキドキしながら返答を待っていると、男爵様は表情を明るくして答える。

「お前たちに働く力があって本当に良かった。俺たちに養う力がなくて、本当にすまないと思っている。こんなところで良ければ、ここに住んで欲しい」

どうにか受け入れてもらえて、私も一安心だ。だけど、男爵様はすぐに表情を硬くした。

「まずは、この村について知ってもらいたい」

男爵様は開拓村について現状を話し始めた。

「この村ができた経緯を話そう。広大な面積を誇り魔物が大量に住む森、大魔森ジルキネーゼを少しでも切り崩すため、人の住処《すみか》を広げるためにこの村は作られた。新しい土地を切り開くってことで開拓村と呼ばれている」

この村は大魔森ジルキネーゼを開拓するために作られたってことなんだね。

「大魔森ジルキネーゼが広すぎて、この村だけじゃ開拓はできない。よって、この村と同じような開拓村はいくつも存在している。それぞれの村には一人ずつ領主がいて、それぞれのやり方で開拓は進められている」

開拓村ってここだけじゃなかったんだ。ということは、私たちがここに連れてこられたのは偶然だったかもしれないってこと？　もしかしたら、他の開拓村に行ってたかもしれないんだ。

「この開拓村はできてまだ数年しか経っていない。というのも、元冒険者の俺が叙爵されたのが数年前っていうことなんだがな」

「というと、男爵様が叙爵されたからこの開拓村ができたということですか？」

「開拓村を作るために俺が叙爵された、というわけだ」

開拓村を作るために冒険者が叙爵されたって凄いことだ。そんなに凄い冒険者だったっていうことなのかな？

「開発を始めたのは最近になってからなんだが、状況は良くない。人が少ないから村で作る食糧が足りない、食糧が足りないと人や冒険者が集まらない」

「食糧を他のところで買ってこないんですか？」

「そこまでするのに必要な金がない。だから、村で作るしかないんだが、作り手が不足している状態なんだ」

なるほど、この村が寂れていて活気がなかったのはそのせいだったんだ。食べるものがないから人は元気がない、イコール活気がないということになる。

ん、ということは優先すべきことは食べ物を増やすこと？

「分かりました。私の植物魔法でそれを解決すればいいんですね」

「お願いできるか？　肉はどうにかなるんだが、小麦や野菜はそうはいかない。ぜひ、お前の力を借りたい」

「分かりました。私の力を使って小麦と野菜を育てます」

「今はどんな手でも使いたい、よろしく頼む」

私の魔法の力が役に立つんなら、活用しない手はないよね。この村にいさせてもらうんだから、少しでも力になってあげたい。

「作物を育てるのに、土地が必要となるだろう。その土地を無料でお前たちに貸すことにする」

「無料でいいんですか？　本当なら沢山のお金がかかるはずじゃ」

「土地を借りるには金がかかるが、今のお前たちには払えないだろう。それに今解決しないといけないのは食糧難だ、そっちを優先にしたい」

村の問題を解決するために、目先のお金を徴収しないのは凄い決断だ。借金をさせる選択肢もあったはずなのに、それをしないのは本当に助かる。もしかして、この男爵様は優しい人なのかな？

「これから、お前たちが住む土地に案内しようと思う。ついてきてくれるか？」

「はい、お願いします」

私たちは男爵様に連れられて、屋敷を後にした。

◇

「ここの土地を使ってくれ」

男爵様に連れてこられた場所は森の近くの平らな場所だった。村はずれになるけれど、畑仕事にはぴったりの広さがある。

「もし自分で木を切って土地を広げることができるのなら、その土地もお前たちが使ってもいい」

自分で土地を広げると、それも自分の土地になるのは凄い。これから覚える魔法でそんなことができたらいいな。

「どうだ、ここで満足か？」

「はい、ありがとうございます！」

「そうか、そうか」

喜んでみせると、男爵様は嬉しそうに笑った。

「ここがウチらの住む場所になるのか、なんだか体がムズムズするぞ」

「好きなようにできるってことですよね。わー、どんな風にしよう」

クレハとイリスも貰った土地を前にして高ぶっているみたいだ。そうだ、この土地を自分たちの好きなようにすることができる。それが楽しみで仕方がない。

「そうだ、自己紹介がまだだったな。俺の名はレクト・レマントールだ」

「私はノアです」

「ウチはクレハだぞ！」

「私はイリスといいます」

「三人とも、大変だと思うが頑張って欲しい。何か困ったことがあったらいつでも言ってくれ、力になろう」

こんな見ず知らずの子供三人に優しくしてくれる、それがとても嬉しい。今までは周囲が厳しい人ばかりだった。町を一緒に脱出してきた避難民たちは冷たく、困ったときは見て見ぬふりだった。

町に着いてからも、町民が私たちに優しくしてくれたことなんてなかった。それどころか、うっとうしそうな目で見てきたから、居心地は悪い。生活に余裕があるから施しをしよう、と思う人は誰一人いなかった。

極めつけは領主様だ。家を建てて住んだ罪で子供でも容赦なく町を追い出された。領主様にしてみれば、うっとうしい避難民としか目に映っていなかったんだろう。

そんなことがあったからこそ、どんな小さな優しさも嬉しく感じる。だから、路頭に迷いそうだった私たちを受け入れてくれた男爵様には感謝をしている。

そんな私の心を察してか、男爵様は私たちに施しをしてくれる。

「そうだ、今日の夕食に招待しよう。夕食を食べながら、今後のことと村のことを話そう。この村で暮らしていくのに必要な知識もあったほうがいいだろう」

「本当か、やったぞ！」

「食糧事情が良くないから、質素なものしかないがな。まぁ、食っていってくれ」

「助かります、ありがとうございます！」

男爵様と一緒に夕食？　ちょっと場違いかな、と思ったけど凄く助かる。それに、村にきて右も左も分からない私たちに色んなことを教えてくれるらしい。それが一番助かる。正直、ここで放りだされてもどうしたらいいか分からなかったから。

貰った土地を見終わると、私たちは再度屋敷へと戻っていった。

◇

夕食を食べ終え、私たちは貰った土地に戻ってきた。そこですぐに石の家を作り、男爵様にもらったシーツを敷き、毛布をかぶる。

「ふわー、食ったぞー」

「久しぶりにお腹いっぱい食べましたね」

「あんなに沢山の食べ物をくれるなんて、レクトはいい奴だな。このシーツと毛布も気持ちがいいんだぞ」

「そうだね。今まで出会った中で一番いい人だった」

今までの人生の中でこんなに良くしてくれた人がかつていただろうか、いやいなかった。だから、余計に優しさが心に沁《し》みて喜びが溢れだす。

開拓村送りになったのは私の責任だ。たとえ家を建てることが罪だとは知らなかったとしても、原因を作ったことには変わりない。だから、二人に対して負い目を感じていた。

もし、悪い環境だったら自分の力でなんとか二人だけでも脱出させよう。そう考えていたけれど、その必要はなくなった。なんとかここで生きていける環境が最低限整って本当に良かったな。

「町で暮らせなくなったけど、二人ともそれで大丈夫？」

「ウチは平気だぞ。生きていける場所だったら、どこでもいいぞ」

「私も大丈夫です。森では魔物が出るらしいので、それがちょっと怖いくらいですかね」

「そっか、良かった。ごめんね、私のせいでこんなことになって」

「だから、ノアは悪くないんだぞ！」

「そうですよ、仕方のなかったことです」

「……ありがとう」

私のせいで開拓村送りになったのに、全然責めない。それがとてもありがたく感じた。この二人のためだったら、なんだってしよう……そう考えるくらいには二人のことは好きになっていた。

一緒にいる時間はまだ少ないけれど、それでも仲良くなるには時間は必要ない。召使いの時にはいなかった友達ができて、今の私ってとっても充実している。

明日から、三人で頑張って生きていけそうだ。

◇

翌朝、私たちは朝食を取るためにこの村唯一の食事処兼宿屋にやってきた。全ての冒険者がここで寝泊りをして食事を取っているみたいで、とても大きな建物だ。

「早速中に入ってみよう」

宿屋の正面玄関を開けると、受付のカウンターがあった。だが、そこには誰も座ってはいない。

「誰もいないみたいだぞ」

「どうしましょう」

「うーん……きっと今の時間は朝食の時間だから、食堂にいるんじゃないのかな。えーっと食堂はどこかな」

宿屋の中に入り、人がいる気配を探る。すると、ホールの隣の部屋から話し声が聞こえた。向こうに人がいると分かり、私たちはその部屋の扉を開ける。すると、そこは幾つものテーブルやイスが並べられた食堂だった。

そこでは十人くらいの冒険者が渋い顔で朝食を食べているところだ。入口のところで立ち止まっていると、誰かが近づいてきた。

「いらっしゃい。あら、見慣れない子ね」

現れたのは三角巾をかぶり、茶色い髪をポニーテールにした十代後半のお姉さんだ。

「昨日、この村に越してきたノアです」

「クレハだぞ！」

「イリスです」

「まぁ、そうなの。私はミレ、宿屋の娘よ。この村にも新しい住人がねぇ……で、何か用？」

「越してきたばかりで家に食べ物がありません。ここには朝食を食べに来ました」

「あら、そうなの？　じゃあ、適当な場所に座って。今、用意するから」

そう言うとミレお姉さんはホールの奥に引っ込んだ。私たちは言われた通りに空いている席に座った。周りを見てみると冒険者はいるけれど、誰も彼も覇気がない。なんていうか、こう……ガハハッ！　ってな感じで喋っていると思ったのに。

「なんだか静かですね」

「うーん、なんでだろう？」

「朝だから眠いんじゃないかな」

ここにいる冒険者はみんな低血圧なのかな？　不思議に思っていると、ミレお姉さんが戻ってきた。その手にはお盆を持っていて、料理が乗せられている。

「はい、お待たせ。スープと芋ね」

テーブルに置かれた食事を見て驚いた。肉がゴロンと一個入っていて細切れの野菜が少し浮いただけのスープに、茹《ゆ》でただけの芋。町で食べていた料理と比べるとかなり貧相な食事が出された。

その料理を見て、クレハは絶望した顔をする。

「な、なんだ……これ」

「ウチの村の話は聞いた？　食糧がないから、食事が作れないのよ。まともに食べられるのは肉くらいかしらね」

「その……パンもないんですか？」

「小麦が入ってこないから、パンも作れないわ」

「そ、そんなっ」

ついでにイリスも絶望した顔になった。まさか、こんなに酷い状況だとは知らなかった。あからさまに意気消沈したクレハとイリスは気の乗らない感じでスープを食べ始めた。

そっか、みんなこの食事に意気消沈していたから活気がなかったんだ。こんな食事を続けていたら、そりゃあ元気はでないよね。食糧事情が良くなるまで、ずっとこの生活か。

「食糧が入ってきてくれたら、もっと美味しいものが作れるんだけどね」

「それなら、このノアがなんとかしてくれます！」

「そうだ、ノアがやってくれる！」

「えっ、どういうこと？」

「ノアは植物魔法が使えるので、作物を魔法で育てることができるんです！」

「なんだかわからないけど、すっごい魔法が使えるんだ！」

「な、なんですって⁉」

「「「なんだってー!!」」」

うわっ、周りにいる冒険者たちが声を上げて立ち上がった。

「だから、ノアが頑張って作物を育てることができたら、食糧事情は解決すると思います！」

「ノアがやってくれるんだ！」

「……まぁ、まぁ、まぁ！　なんていうことでしょう！」

お姉さんは笑顔になって私の両手を掴んだ。

「ノアちゃん、もちろん作物を育ててくれるのよね⁉」

「は、はい。男爵様ともお約束したので」

「やったわ！」

「「やったぜ！」」

私が頷くとミレお姉さんと冒険者たちは喜びの声を上げた。そんなにこの村に食べ物がなかったなんて……いや、あれを見たら本当にないんだって実感した。昨日の夕食は奮発したものだったんだな。

「はぁ……これで粗食ともお別れね。ノアちゃん、野菜もいいけど小麦も作ってね！」

「小麦か、いいな」

「俺はパンが食いてぇよ、パンがよぉ」

「芋ばっかりはもう嫌だぁ」

そっか、野菜だけじゃなくて小麦もあったんだ。まずは主食から作ったほうがいいね。

「まずは小麦から作りましょう！　ノア、私手伝いますからね」

「ウチも、ウチも手伝うぞ」

「ありがとう」

食糧生産をどうやら急ピッチで進めなくてはいけないみたいだ。植物魔法、覚えていて良かった。

「それにしても、子供だけでこの村に越してきたのか？」

よね。

「親はどうした？」

その時、冒険者たちが話しかけてきた。子供だけでこんなところに来たなんて、そりゃあ気になるよね。

「私たちは遠い町から追い出されて、ここに連れてこられました」

「なんだって、町を追い出されただと？」

「どうしてそんなことになったんだ？」

「町の外に家を建てて住んだことが罪になって、その処罰に開拓村送りになったんです」

その話を聞いた冒険者たちやミレお姉さんは沈痛な表情をした。

「そんなことで町を追い出されたなんて……ひどすぎるわ」

「子供のすることだから、そんなの大目に見てやればいいのに」

「ひでぇ話があるもんだな」

みんな、私たちに同情的だった。同情されたことはあの町ではなかったから、少しだけ嬉しかった。

私たちのことを気にかけてくれるんだと、胸が温かくなった。

「じゃあ、本当にこの村であなたたちだけで暮らしていくことになるのね。子供だけでは大変なことがあると思うの、だから困った時は頼ってもいいのよ」

「俺たちにも頼ってくれよな」

「まぁ、何ができるかは分からないけどな。困ったときの話し相手くらいにはなれるぞ」

みんなが温かい言葉をかけてきてくれて嬉しい。クレハとイリスもそれを感じ取ってか、嬉しそうに笑っている。

あの町では得られなかった人の優しさがここにはある。出会ったばかりの人たちにこれほどに優しくされると、気負っていた心が解きほぐされていくようだ。

「ありがとうございます。正直言って三人じゃ心細かったんです」

「いい奴らに出会えて嬉しいんだぞ」

「どうか、私たちにも力を貸してください」

切実な訴えをすると、みんな優しそうな表情になった。それだけでも救われるのに、みんなは私たちに近づくと順々に頭を撫でていった。

「子供が遠慮をするな。存分に頼ってくれ。それに俺たちも食糧のことでお前たちを頼ることになるしな」

「大人の俺たちが子供に頼るってちょっと情けないけどな。でも、子供が大人に頼るのは当たり前のことだ」

「そうよ、ここにはいつでも来ていいし、頼ってきて欲しいわ。住む場所はある？　食べるものはある？　足りなかったら、援助をするから遠慮なく言ってね」

みんなの優しさが心に沁みる。突然連れてこられた村でどうなっていくのか不安だったけど、こんなに優しい大人の人と出会えてその不安が和らいでいく。

「良かったね、二人とも。頼れる人が増えたよ」

「はい、とても嬉しいです」

「本当に良かったぞ！」

笑顔の二人を見ると安心する。私だけじゃ、二人をこんなに素敵な笑顔にさせることができなかったと思う。だから、ここにいる人たちには感謝だ。みんなの力を借りて、この村で頑張っていこう。

◇

朝食を食べた私たちは大歓声の中見送られた。次に向かうのは、この村にある作物所なるお店だ。なんでもこのお店は作物の種を取り扱い、生産した作物を売買するところでもあるみたいだ。

その建物に近づくと、人影が見えた。その人は大柄なおじさんで短い焦げ茶色の髪をしている。腕組をして辺りを見回しているところだ。

一体何をしているんだろう？　そう思いながら近づいていくと、そのおじさんはこちらに気づいた。そして、カッと目を見開いたかと思うと、物凄い勢いでこちらに近づいてくる。い、一体なんなんだろう？

「ノアっていうのは誰だ？」

「私ですけど」

「お前を待っていたんだよ。話は聞いている、早く店に入ってくれ！」

手を掴まれて、そのまま店の中に入っていった。店の中はガランとしていて、本来は作物が商品として置かれる場所には数えるほどの量の野菜しかない。

「ここで待っていてくれ」

そういった店主は店の奥へと消えていった。取り残された私たちはポカンとして待つことしかできない。

「初めて会ったのに、ノアのこと知っていたぞ。なんでだ？」

「きっと男爵様から作物のことを聞かれていたんじゃないでしょうか」

「なるほど、それはあるね」

そっか、男爵様からもう話はいっているんだ。だから私の名前を知っていたし、私がここに来ることも知っていたんだ。それほどまでにこの村の自給率は低いんだな。

「待たせたな」

おじさんは一つの袋を持って戻ってきた。

「俺はコルク、よろしくな。性急で悪いんだが、男爵様の指示を受けている。ノアが植物魔法で作物を育ててくれることは分かっている。そこでだ、まず先に小麦を作ってもらいたい」

「あ、私たちも小麦を作ろうとしていました」

「そうか、なら話は早いな。この袋に入っているものが、小麦の種になる。これを使って小麦を育てて、ウチに持ってきてもらいたい」

「えっと、代金はおいくらになるの？」

「緊急だということでこの一袋分の代金は男爵様から貰っている。だから、遠慮せずに持ち帰ってほしい」

男爵様、ありがとうございます。最初にお金がかからないってことは、本当に助かる。

「あとは必要な道具を貸してやろう。脱穀機、鍬《くわ》、鎌、その他道具一式、荷車、これだけあれば大丈夫だろう」

「あ、鍬と鎌はいらないよ。魔法で代替《だいたい》できるから」

「むっ、そうなのか？　魔法っていうのは凄いんだな」

鍬の代わりに地魔法、鎌の代わりに風魔法がある。それらを上手く使えれば、鍬も鎌も必要ないね。

「性急で本当に悪いことをした。この状況が良くなると思うと、気が逸ってしまってな。気を悪くしていないか？」

「ちょっと驚いたけど、大丈夫だよ。コルクさんの気持ちがとても良く分かった」

「すまないな、まさかこんな機会に恵まれるなんて思ってもみなかったから。お前たちの話は聞いている、大変な思いをしてここまで来たんだな」

どうやら、男爵様はコルクさんに私たちの事情を話してくれていたみたいだ。

「子供が町を追い出されて、食うのにも困っている開拓村に送られたのは大変なことだ。こんな大変な目に遭《あ》っているのに、この村の食糧難に尽力してくれるようで助かる。だからというわけではないが、俺にできることがあればなんでも言ってくれ。できるだけ協力しよう」

「ありがとう、そう言ってくれて嬉しいよ。私たちだけじゃ心細かったから、少しでも協力者がいてくれたほうが心強いよ」

「子供だけじゃできないことや、困ったことがあるだろう。そういう時に助力をさせてくれ。ちなみに今困っていることはないか？」

「今は大丈夫だよ」

宿屋のみんなもそうだったけど、コルクさんも私たちのことを心配してくれる。あの町に比べたら、優しい人が多くて本当に助かっている。困ったことがあったら頼れる人がいるって、こんなに心強いことなんだね。

なんだか、この村でやっていけそうな気がしてきた。こんなに優しい人たちに囲まれたら、きっとどうにかなる、そんな気分にさせてくれる。

「小麦のこと、よろしく頼んだぞ。ノアの持つ植物魔法でこの村を救ってくれ」

「どれだけできるか分からないけど、やってみるよ」

コルクさんは私たちに小麦のことを託してきた。期待されているのが分かる。その期待に応えるためにも、小麦を育てよう。今は三人で協力して頑張ろう！

◇

脱穀機とその他道具一式を荷車に載せ、私たちは石の家がある自分たちの土地に急いで戻った。

「初めての植物魔法ですね。どんな風になるのか楽しみです」

「バーッて植物が生えてくるのかな？　早く見てみたいぞ」

植物魔法、本当にどんな魔法なんだろう。こんなことなら、一度試しに使ってみればよかった。でも、そんなこと言っても遅いよね。この魔法に村の未来がかかってる、頑張らないと。

「よし、みんなのために小麦を作ろう！」

「おう！」

「はい！」

初めての畑づくりが始まる。私の前には平たい土地とその奥には森がある。今からここを耕していきたいと思う。

「でも、どうやって耕すんですか？　魔法で耕すと言っていましたが」

「魔法で耕す？　どうやって？」

イリスとクレハは首を傾げている。まぁ、普通はそうだろう。だけど、魔法を使えるようになった私には思いついたことがある。

「見てて、今から耕すよ」

私はその場にしゃがみ、手を地面に置いた。そして、イメージする。地魔法を使って、土を掘り返すイメージ。深呼吸をして、イメージを体にしみ込ませ、魔力を解放する。

「地魔法！」

ふん、と力を入れた。すると、目の前にあった地面がでこぼこになり、地面の中から土がモリモリ出てくる。

「うわっ、地面が変だぞ！」

「こ、これはっ……！」

一メートル四方の固い地面だったところが、盛り上がった土でフカフカに変わっていた。これが、私が想像した解決策だ。

イリスとクレハが盛り上がった地面に近寄り、指でつんつんと押す。

「す、凄いですね。一瞬でフカフカの土に変わりました」

「何がどうなってこうなったんだ？」

「地魔法で土を移動させたんだよ」

レベル二だけど、威力が弱いだけでどんなことでもできるらしい。石を出現させたり、土を動かしたり、魔法って多彩なんだと思う。

「よし、この調子で掘り起こしていくよ」

「ノア、頑張ってください！」

「頑張れノアー！」

　私は地面に手を置いて、地魔法を発動させていく。そうやって次々と土を掘り返していき、小麦を植える場所を確保する。一応、どこまで魔力があるか分からないから今日は十メートル四方までにしておこうと思う。

　地道に耕していくと、一時間足らずで土を耕し終えた。

「こんなものかな」

「わー、広い畑の完成ですね」

「ノアはすごいんだぞ！」

　十メートル四方の畑ができた。魔力は……うん、まだ全然大丈夫そうだ。これだったら、収穫までしっかりとできそうだね。

「じゃあ、次に種をまこう。二人とも手伝って」

「分かりました」

「まっかせろー！」

　小麦の種が入った袋を開けると、中から沢山の種が現れた。とりあえず、全部まけばいいかな？

「じゃあ、二人ともこうやってまいて」

　袋の中から種を一つかみすると、腕を高く振ってバラまいた。

「そんなに雑でいいんですか？」

「魔法で育てるわけだし、細かいことはあんまり気にしないでいいと思うんだ」

「それだったらウチもできるぞ」

「じゃあ、私も」

みんなで種を一つかみして、空高く投げた。宙にバラまかれた種は広い範囲にゆっくりと落ちていく。

「これ、なんだか楽しいな。それー！」

「わっ、クレハこっちに飛んでますよ。気を付けてください」

「あー、ごめんごめん」

「私も……それー！」

二人とも楽しそうに種をバラまいている。私も負けないぞ、それー！

耕した畑の上に沢山の小麦の種がまかれていく。隅から隅まで種をバラまいていくと、小麦の種がなくなってしまった。

「終わりました」

「次はいよいよ、植物魔法か！　楽しみだなー！」

「どんな風になるんでしょうね」

種まきが終わり畑から出ると、二人はそわそわしだした。それもそうだ、ずっと気になっていた植物魔法をお披露目する時なんだから。私もちょっとそわそわし始めた。

と、その時馬に乗って誰かが近づいてきた。いったん手を止めてそのほうを見ると、馬に乗った男爵様が現れたのが見えた。一体、どうしたんだろう？

男爵様は馬を木につなぐと、こちらに近づいてくる。

「よぉ、調子はどうだ？」

「男爵様、どうしたんですか？」

「何、お前たちのことが心配になって見に来たんだ。今から何をするんだ？」

「これから植物魔法を使って、作物を育てるところです」

「そうか、なら良い時にやってきたな。ぜひ、その力を俺にも見せてくれ」

男爵様が見ている前で失敗はできない。ここは是が非でも成功させないといけないね。

「じゃあ、やるよ」

地面に両手をついて、三人を見上げた。

「うん」

「はい」

「やってくれ」

三人は緊張した面持ちで頷く。畑を見つめると、深呼吸をする。どうか、成功しますように！

「植物魔法！」

魔力を一気に解放した。地面から伝わっていく植物魔法が小麦の種にまとわりつき、種が一気に発芽する。

「あ、なんか出てきた！」

「すごい、一気に成長していきますよ！」

「これは、凄い光景だな」

発芽した種はすくすくと伸びていき、伸びた穂先に小麦が実っていく。それがどんどん傾いていき、そこには見覚えのある黄金色の小麦畑があった。

植物魔法は成功だ！

「うわー、凄いぞこれ！」

「一瞬で小麦畑になりましたね！」

「こんなことがあり得るんだな、信じられない光景だ」

三人は畑に近づいて小麦をしげしげと見つめる。私も近づいて小麦を手に取ってみると、ぷっくりと膨れた小麦が実っていた。

「ノア、やりましたね！」

「ノア、おめでとう！」

「二人ともありがとう！」

わーい、と三人抱き合って何度もジャンプをした。これで食糧難から村を救えるぞ！

「ノアの能力を見せてもらった。この能力は素晴らしいな、この村を食糧難から救える唯一の力になるだろう」

「これで村を救えますか？」

「あぁ、もちろんだ。ノア、協力してくれて感謝をする」

男爵様に頭を下げられると、なんだか申し訳ない気持ちになる。でも、悪い気はしない。私の力が村のためになるんなら、使わないと損だよね。

「じゃあ、次は刈り取って、脱穀して、選別だね」

「ここは役割分担をしましょう」

「役割分担？」

「いいね、そのほうが早く作業が終わる」

これからの作業が一番時間がかかりそうだ。荷車に乗せておいた道具を地面の上に広げると、早速役割を決める。

「まず刈り取る作業だね。これは私がやるよ、魔法で刈り取る予定だったから」

「分かりました。刈り取りはノアの仕事ですね」

「この道具はなんだ？」

「これは脱穀機って言って、ここの部分を足で踏むと」

「わわっ、中に入っているものが回転したぞ。なんだ、これ面白い！　これ、ウチがやりたい」

「踏む作業は体力がいるからクレハ向きだね」

「だったら、私が選別しますね。えーっと、このふるいを使えば良さそうですね」

三人の役割が決まった。私は刈り取り、クレハが脱穀、イリスが選別だ。まだ、午前中の時間だから、もしかしたら今日中に作業が終わるかもしれない。これは頑張らないと。

すると、男爵様が話しかけてくる。

「俺も何か手伝わせてくれ」

「えっ、男爵様がですか？　そんな、いいですよ」

「だが、折角村のために働いてくれているのに、何もできないのは歯がゆい。子供たちにこんな役目を押し付けている負い目もあるからな、ぜひ手伝わせてくれ」

「分かりました。よろしくお願いします」

　まさか、男爵様が手伝ってくれるとは思わなかったよ。男爵様は村のことも私たちのことも心配してくれているんだな。

「それじゃ、やっていこう」

「おう！」

「はい！」

「任せろ！」

　私は小麦畑の前に行くと、その場でしゃがんだ。手を前にかざして、魔力を高めていく。そして、風魔法を発動させた。

「いけっ！」

　手から風の鎌が発生して、目の前にあった小麦が根元から刈り取られた。一回の風魔法で二メートル四方は刈り取れたと思う。レベル二ならこんなものかな？

　あと必要なのが乾燥だ。刈り取ったばかりの小麦には水分が多く含まれているらしいから、乾燥させないと粉にはできないようだ。だから、刈り取った小麦に乾燥の魔法をかけた。

　それから刈り取られた小麦を束にして腕に抱きかかえる。

「俺も手伝おう」

　男爵様も小麦の束を持ってくれた。二人でシートの上に置かれた脱穀機のそばにいるクレハに近寄っていく。そして、シートの上に小麦の束を下ろした。

「脱穀してみようか」

「おう！　足で踏んで……動いた、動いた！」

脱穀機の中心にあった突起の付いたローラーが勢いよく回り出す。回り出したローラーに小麦の付いた穂を乗せると、回っていた突起が小麦の実を弾《はじ》き飛ばしていく。

「うおぉ、凄いぞ！　どんどん、穂から実が無くなっていく」

小麦の束を左右に動かしたり、上下逆にしたりして穂から全ての実を取り除くことができた。

「最後に私が落ちてきた実を集めて、ふるいにかければいいんですね」

シートの上に散らばった実をイリスが箒《ほうき》で集め、ちりとりに入れる。それからふるいの中に入れると、ふるいからゴミが落ちて中に実が残った。残った実を袋に入れると完了だ。

うん、いい流れができたと思う。この作業を繰り返していけば、この村に小麦を届けることができる。

「よし、頑張ろう！」

「もちろんだぞ！」

「はい！」

「やるぞ！」

やる気は十分、あとは作業をするだけだ。

◇

あれから、四人で作業を頑張った。私はひたすら刈っていき、男爵様が小麦の束を運び、クレハは脱穀し、イリスがふるいにかけて小麦を選別する。地道な作業だったけど、村のためだと頑張った。

また、脱穀した後の藁を石の家に持っていき、ベッドの素材にした。草だけでは足りなかったボリュームが追加されて、以前よりは寝心地が良くなったと思う。

そして、夕暮れには全ての作業が完了した。私たちの目の前には小麦が入った袋が十袋。それを見てなんだか感動しちゃう。

その光景を見ていた男爵様が優しい笑顔を向けて、みんなの頭を撫でる。

「お前たち、よく頑張ったな。大変な作業だったのに、村のために頑張ってくれてありがとう。感動したぞ」

「えへへ」

「ふふ」

改めて男爵様がお礼をいうと二人とも照れた顔をした。すると、クレハが袋を荷車に乗せ始める。

「早くみんなに届けてやろう！　きっと待っているはずだぞ」

「そうですね、この小麦を待ち望んでいる人がいます」

イリスも袋を荷車に乗せ始めた。私も急いで駆け寄って袋を荷車に乗せる。全ての袋を荷車に乗せ終えると、四人で視線を合わせて強く頷いた。

「届けに行こう！」

私たちは荷車を引っ張り、急いで村へ向かった。

◇

「男爵様、荷車を引いてくださってありがとうございます」

「何、力仕事なら任せろ。それに俺がいるのに子供に引かせるのも酷な話だからな」

石の家があった場所から村の中心地にある作物所まで、男爵様が荷車を引いていく。辺りはすっかり夕日に染まり、景色が赤く色づいていた。

「こんなに早く小麦ができたから、コルクさん驚くんじゃないでしょうか」

「きっと、飛び上がって驚くぞ！」

「私たちだって驚いたもんね」

「そうだな、まさかこれほど早くできるとは思ってもみないだろうな」

「でも、これでパンが食べられますね」

「いやいや、これから小麦を粉にしないといけないから、すぐには食べられないと思うよ」

「そうだ、粉にするんだった！　すっかり忘れてたー」

「ははっ、そうだぞ。小麦を小麦粉に変えなくてはパンはできない」

小麦の実のままではパンはできない。これから粉ひきをしないといけないから、明日中に食べるのは困難だと思う。まぁ、今日中に粉ひきが終わるのであれば可能だけれど。

喋りながら進んでいくと、作物所が見えてきた。荷車を建物の近くに置き、中へと入っていく。店頭には誰もいなかった。

「コルク、いるか？」

男爵様が声を上げると、店の奥から物音が聞こえてきた。しばらく待っていると、店の奥からコルクさんが現れた。

「男爵様、どうしたんですか?」

「こいつらの仕事を手伝ってきた。小麦を持ってきたぞ」

「へっ? こ、小麦ができた? そ、そんな話が……」

小麦ができたことをコルクさんに言うと、信じられないっていう顔をして頭を左右に振る。

「本当だぞ!」

「こっちに来てください!」

「あはは、そんなバカな話があるわけないだろう。どれどれ、ちょっと見てやろうか」

完全に冗談だと思っているコルクさん。そのコルクさんの腕をクレハが引っ張って、背中をイリスが押していく。そのまま店の外へと連れ出して、荷車の前にコルクさんを移動させた。

そこで収穫し立ての小麦が入った袋を渡す。すると、ギョッとした表情で袋を凝視した。

「この感触……まさかっ!」

コルクさんは震える手で袋を開け、中に入っていた小麦を手ですくった。

「小麦だ」

わなわなと震えあがるコルクさん。私たちは笑顔で伝える。

「ほら、言ったでしょ。小麦ができたって」

「本当に本当だぞ!」

「みんなで協力しました」

本当に小麦ができたんだってば。そう伝えると、コルクさんは信じられないような表情をした。

「これは本当に本当なのか？」

「本当だよ」

「夢じゃないんだよな？」

「夢じゃない」

何度も確認するコルクさん。すると、パアッと表情が明るくなった。

「やったな、お前ら！　小麦が、小麦ができたんだ！　本当によくやった、偉いぞ！」

全力で褒められて、それぞれの頭をガシガシと撫でられた。ふふふ、喜んでもらえて良かったよ。

「全部で……十袋か！　でかした、本当にでかしたぞ！」

「ノアはすごいんだぞ、植物魔法を使って一瞬で小麦を育てたんだからな！」

「あの光景は凄かったです」

「そうだな、あの光景は一度見ておくといい」

使う前までは半信半疑だったけど、一瞬で小麦ができたんだから凄い魔法だよ。

「よし、まずは精算をする。小麦の袋を店の中に入れてくれ」

コルクさんが店の中へと入り、何か物を出しているみたいだ。その間に私たちは小麦を店の中に入れて、カウンターに置く。

「まずは小麦の重さを量らせてもらう」

カウンターに秤を置くと、一つずつ小麦の入った袋を量っていく。

「どれくらいあるんでしょう」

「沢山あるから、沢山だぞ」

「もう、クレハったら」

楽しみに待っていると、全ての小麦を量り終えた。

「全部で五十キロはあるな」

「ほう、そんなにとれたのか」

「それって凄いのか？」

「クレハよりも小麦のほうが重いってことですよ」

「それは凄いな！」

「結構密集して育ったし、そのお陰かもね」

「植物魔法、凄いな！」

うん、植物魔法は凄い。お陰で村の救済への道ができちゃった。この調子でどんどん作物を作って、村が元気になってくれるといいな。

「そういえば、納税の話は聞いているか？」

「納税？　ううん、聞いてない」

「土地は男爵様のものってなっていて、農家は男爵様の土地を借りているっていうことになっている。つまりだ、男爵様の土地で作物を育てているということになる。土地を借りたお前たちには借地料がかかる。それは納品した作物の三割が取られることになっている」

「ということは、五十キロの三割だから……十五キロを男爵様に納めないといけないんだね」

「そういうことだ。というわけで、ノアの取り分は三十五キロ分となっている」

なーんだ、そういうことか。気前よく広い土地をくれたのには、そういうからくりがあったからこそなんだね。まぁ、そんなに旨い話があるわけないか。

男爵様を見ると、困ったような顔をして笑った。

「折角の収穫を横取りしてしまう形になってすまないな。こうして税を取っているから、この村が成り立っていると思ってくれ。本当ならお前たちの有利になるようにしてやりたいが、こちらも存続がかかっているのでな」

そこまで言われたら仕方がないよね。ただで村に住まわせてもらっているんだから、それくらいはやらないといけないと思う。

でも、一人前の村人だと言われたみたいでそこは嬉しかったりする。まだまだ子供だけど、しっかり働いている納税者なんだよね。

と、そこにコルクさんがお金を持って現れた。

「そして、これが三十五キロ分の代金だ」

手渡しでお金を受け取り、背負い袋に入っている硬貨袋の中に入れた。まぁ、納税のお陰でこの領が潤えば、その恩恵をいつかは受けられるかな。

「小麦作りをしてくれてありがとう。これで小麦粉が村に行き渡るはずだ」

「俺からもお礼を言わせてほしい。お前たちのお陰で小麦ができた。まだまだ小麦は必要だと思う、酷な作業を課してしまうことになるが、どうか力を貸して欲しい」

コルクさんと男爵様が私たちにお礼を言った。それがなんだかこそばゆくて、照れてしまう。

「どれだけのことができるか分かりませんが、精一杯頑張ります」

「大変だと思うがよろしく頼む。お前たちには重荷になるだろうが、今はこれしか方法がない」

とにかく今は村の食糧事情をなんとかしないといけない。明日からまたどんどん作っていくぞ。

◇

作物所からの帰り、私たちは夕食を食べに宿屋に来ていた。

「うぅ、お腹が減ったんだぞ」

「そういえば、昼食食べてなかったですね。私もお腹が減りました」

「私も。ずっと動いてたから疲れたし、お腹いっぱい食べたいよね」

「肉、肉がいっぱい食べたいぞー！」

宿屋の中に入り、食堂に行くと、すでに数人の冒険者が夕食をとっていた。そこにミレお姉さんがやってくる。

「あら、いらっしゃい。夕食を食べに来たのね」

「ウチは二人前を頼むぞ」

「クレハちゃんはお腹が空いているのね、分かったわ二人前ね。他の二人はどうする？」

「私は一人前でいいです」

「私も同じく」

「分かったわ、ちょっと待っててね」

夕食をミレお姉さんに頼むと私たちは席で待った。しばらくして、ミレお姉さんが水の入ったコップを持って現れる。

「はい、お水よ」

「ありがとう」

「今日は畑づくりをしたのかしら？　順調に耕すことができた？」

「畑ならもう耕したぞ！」

「えっ、そうなの？　ずいぶんと早かったのね。あ、もしかして小さな畑にしたとか？」

「いいえ、この食堂以上に広い畑です」

「そんなに耕したの、随分と早いわね。もしかして、元農家の子だったりする？」

元農家の子だけど、農業に関わる前に売られちゃったからなー。ここは肯定も否定もしないでおこう。

「明日には種を植えられるところまで来たのかしら？」

「種も植え終えて、収穫まで終わったぞ」

「えっ」

「先ほど、作物所に小麦を納品してきました」

「えぇー!!」

ミレお姉さんは凄く驚いた。

「植物魔法で一発だよ」

「植物魔法ってそんなに凄いの!?」

信じられない、といった顔をして身を乗り出してきた。

「「「それは本当か⁉」」」

突然、周りにいた冒険者たちがイスから立ち上がり、こちらを囲んできた。

「明日にはパンが食べられる、ということだろうか⁉」

「いや、どうだろう。渡したのは小麦の実だから、これから製粉の工程もあるだろうし。明日は無理なんじゃないかな」

「製粉、製粉が終わればパンが食えるのか⁉」

「ええ、まぁ……多分」

「よし、作物所にいって製粉作業を手伝ってくるぞ。お前たち、来い！」

するとと、食堂にいた冒険者たちは残った夕食をかきこむと、勢いよく立ち上がった。

「お前たち、本当にありがとうな。これでパンが食える！」

「後のことは俺たちに任せて、のんびり食事を楽しんでくれ」

「お前たちにもパンを食わせてやるから、ちょっと待ってろよ」

そう言って、冒険者たちは宿屋を出ていってしまった。食堂に残されたのは私たち三人とミレお姉さんだけだ。

「もう、あの人たちったら勝手に決めて。そんなに押しかけたら迷惑かもしれないのに」

そんな冒険者たちへの愚痴を吐くミレお姉さん。ちょっと怒り気味だったけど、私たちに顔を向けるとその顔は穏やかになる。

「それにしても、一日で小麦の収穫まで終わらせてくれて……どれだけ感謝をしていいのか分からないわ。三人とも、本当にありがとう」

「ううん、私もこの村を救いたかったから。これで救えるかな？」

「もちろん、救えるわ。みんなに小麦粉が行き渡って、きっと美味しく食べてくれるに決まっているわ。だって、念願だった小麦粉なんだもの」

そっか、みんなが求めていた小麦だったから喜んでくれるよね。それを聞いた私たちは嬉しくなって笑顔になる。

「頑張って小麦の収穫をしてくれたお礼よ、今日はお金を頂かないから好きなだけ食べていってね」

「いいのか⁉」

「もちろんよ。って言っても、同じものしか出せないけれどね。沢山働いたんだから、沢山食べていってね」

「嬉しいです、ありがとうございます」

なんとミレお姉さんはタダで食べていってもいいと言ってくれた。私はただ村のためを思って小麦を収穫しただけなのに、こんなに良くしてもらってもいいのかな？

でも、二人とも嬉しそうだし、ここは厚意に甘えさせてもらおう。

「この村に来てから良いことばかりだな！」

「そうですね、良いことばかりです」

「うん、この村にきて良かったね」

「まぁ、そんなこと言ってくれるなんて嬉しいわ。子供にとっていい環境を提供できるのは、大人として嬉しいものね」

四人でニコニコ笑い合うと心が温まる。小麦を作るだけでこんなに喜んでもらえるなんて思ってもみなかったから、とても嬉しい。嬉しいと力も湧いてきて、また頑張ろうって思えてくる。

◇

畑に戻ってくると、辺りはすっかり暗くなってしまっていた。

ここを出る前に、実を取った小麦の穂と畑に残したままの根は綺麗《きれい》に燃やしてあった。これで明日も小麦作りを始めることができるね。ちょっと、畑の土を練りこんでおこう。

畑に手をつくと地魔法を発動させる。土を動かして、土の上にあった燃えカスなどを土に混ぜこませた。ふー、沢山魔力を使ったから疲れちゃった。

畑の範囲は今日作った範囲くらいが丁度良かった。これ以上広げると私の魔力が足りなくなる恐れがある。とりあえず、毎日納品できる範囲でいいよね。

作業が終わったし、石の家に帰ろう。って言っても、すぐそばにあるから少し歩けば石の家に着いた。石の家は三メートル×五メートルの大きさにしてある。寝る場所としてしか機能していない。

「おかえりなさい」

「おかえり」

「ただいま。明日の準備をしてきたよ」

「明日も小麦作りですね、頑張りましょう」

「イリスと話してたんだけど、しばらくはノアのお仕事を手伝うことになったぞ」

「それは助かる。私一人じゃ無理だと思っていたんだ」

二人とも私の仕事を手伝ってくれるみたいだ。あの作業を一人でやったら、一日じゃ終わらない気がするから本当に助かるな。でも、今後二人が仕事に出ると私一人でやらなきゃいけないのかな。うーん、これは課題だね。

「今日は小麦ができて良かったね。すっごく喜んでもらえたよ」

「ノアの力が役に立ちましたね」

「みんなの役に立てたから、村にいれそうなんだぞ」

「そうだね、みんなが歓迎してくれて嬉しかったな」

「男爵様のお陰ですね。突然来た私たちを受け入れてくれて、本当に助かりました」

町で犯罪者として捕まって開拓村送りになった。しかも、了承を得て連れてこられたわけじゃなく、私たちは罪を押し付けられた存在だった。本当なら拒否されて、住む場所もなかったはずなのに、この男爵様は受け入れてくれた。

町を追い出された私たちはその厚意に縋《すが》るしかない。そうじゃなければ、どこで暮らしていけばいいのか分からなかった。だから、住む場所を与えられて本当に良かった。

どうにかして住む場所だけは確保できたけれど、必要なものが圧倒的に足りない。暮らしていく上で必要なものが沢山あるが、ここには何一つなかった。

「これから定期的にお金も手に入ると思う。少しずつでいいから、必要なものを買い揃えよう」

「食事、食事の道具が欲しいぞ！」

「家もなんとかしたいですね」

食事の道具も必要だし、家もこのままじゃいけないと思う。家を建てるってどれくらいお金が必要になるんだろうか？

「食事の道具はなんとかなりそうだけど、食べ物がないよね」

「肉ならあるぞ」

「肉だけじゃダメですよ。主食や野菜などもないと、まともな食事が作れません」

「食事の道具はこの村の食糧事情が良くなってから買った方がいいかもね」

「小麦がいっぱいとれて、野菜が収穫できるようになってからですね」

「肉はウチが獲ってくるぞ！」

この村には買えるような食糧がほとんどない。農家の人たちが野菜を作っているそうだけど、収穫にはまだ時間がかかるそうだ。だから、早く作らないと飢え死にしてしまう。

しばらくは主食の小麦を作っていって、沢山作り終えたら野菜を作らなきゃいけない。それもコルクさんと相談しながら決めていったほうがいいかな。

「家はどうする？　ウチらで作るか？」

「私たちだけじゃ作れませんよ」

「またノアの魔法の力でどうにかできないか？」

「家を作る魔法ねぇ……」

そんなのがあったら嬉しいけど、どうなんだろう？

「なぁなぁ、どうやったら新しい魔法を覚えられるんだ？」

「多分、称号の賢者の卵をレベルアップさせると覚えられるんじゃないかな？」

「どうやったら、レベルアップするんですか？」

「確かなことは言えないけど、賢者の卵は勇者の卵と聖女の卵に連動しているみたい。だから、勇者の卵と聖女の卵がレベルアップすれば、もしかしたら賢者の卵もレベルが上がるかもしれない」

賢者の卵が生えてきた理由は、勇者の卵と聖女の卵を持つ二人を育てたからだ。だから、この二人をもっと育てていけば私の賢者の卵はレベルアップするはず。そうすると、新しい魔法も覚えられるはずだ。

「ふーん、じゃあウチらは自分の仕事をしないとノアの称号がレベルアップしないんだな」

「そういうことだね」

「それじゃあ、いつまでもノアの仕事を手伝ってはいられませんね。私たちも自分の仕事をしないと」

「そうなんだよねぇ」

難しい問題だ。あちこちに問題があり過ぎて、どこから手をつけていいのやら。でも、この村の食糧問題の解決が先決だよね。

「とにかく、今は沢山作物を作って納品しよう。しばらくは宿屋で食事をさせてもらって、石の家に住もう」

「そうですね。今はそれが一番だと思います」

やることが山積みだ、とにかく一つずつクリアしていかないとね。

話がいち段落すると、あることが頭をよぎる。それはここに来てから、いい人ばかりに出会えたことだ。

召使いの時は人間関係が散々だった。魔物に追われて逃げた町に行っても、冷たい人ばかりで誰も気にかけてくれる人はいなかった。今までの出会ってきた人を思い出すと、辛くなるほうが多い。

だけど、この村に来てからは違った。私たちを温かく迎え入れてくれた男爵様。私たちのことを気にかけてくれる、ミレお姉さんに冒険者たちにコルクさん。出会った人たちはとても優しい人たちばかりだ。

「この村で出会った人たちが優しい人たちで良かったね」

「はい。前の町にいた時と比べると、信じられないほどいい人たちに出会えました」

「ビックリだよな、ウチらのことを思ってくれる人がこんなにいるのかって信じられないくらいだったよ」

二人も同じ気持ちだったらしく、優しい人たちに出会えて安心している様子だ。そうだよね、こんな子供が住み慣れた場所を追い出され、誰のことも知らない町で生きていけっていうのは酷な状況だ。

あの町では気張っていなきゃ生きていけなかったけど、ここにきて少しは気を緩めることができたんだと思う。二人の安堵した様子に、町を追い出される原因を作った身としては少しだけ責任が軽くなったように感じた。

「いい人たちがいるこの村で暮らしていけるんだね。なんだか、とっても楽しみだよ」

「ウチも楽しみなんだぞ！」

「私も楽しみです。あの町は息苦しかったので、とても助かります」

「そうだな、ウチもあの町は好きじゃなかったんだぞ。だけど、この村は好きなんだぞ！」

「うん、私もこの村が好き」

良い人が沢山いるこの村で暮らしていけるのは、私たちにとって幸せなことなんじゃないだろうか。

あんなに心配をしてくれて、気遣ってくれる人にはそうそう出会えない。

穏やかに笑う二人の顔を見ていると、本当に嬉しくなる。二人が喜んでくれると、肩の荷が少し下りたみたいだ。

「ふふ、今日の寝床は藁でフワフワですね」

「とっても柔らかくて、気持ちいいんだぞ」

「シーツも貰ったから、藁のチクチクを感じられないのがいいよね。柔らかい感触が体を包んでくれて、とってもいいね」

小麦を収穫した後の藁を敷き詰めたお陰で、寝床はこれまでにないくらいフワフワな感触になっている。シーツもあるお陰で、その感触だけ楽しめるのがいい。

町の時と比べれば寝る環境は良くなっている。固くて冷たい石床の上で寝ていた時は本当に大変な思いをした。満足に眠ることができず、起きたら体のあちこちが痛くなる。

それに、悪い人に目を付けられたこともあった。物を盗られそうになった時、本当に死に物狂いで抵抗した。あんな怖い思いは二度としたくない。

だけど、ここには柔らかい寝床があるし、怖い人はいない。町に比べると断然良い生活環境になっていて、町よりも気張らなくても良くなった。まさか、開拓村に来て、生活が向上するとは思ってもみなかった。

「まだ、この村に来て数日しか経っていないけれど、ここにきて良かったね」

「町よりはいい環境で安心しました」

「いい人たちに柔らかい寝床、とってもいいんだぞ」

二人とも同じように思ってくれているみたいだ。町よりも良くなっている環境に今後も期待してしまう。きっと食べる物も良くなって、住むところも良くなって、着る物も良くなるかも。そんな予感がした。

「今後が楽しみだね。そろそろ寝ようか」

「そうですね、眠たくなってきました」

「ウチも疲れたぞー」

みんなでおやすみを言い合い、石の家で就寝した。柔らかな藁の感触とシーツの良い肌触りを感じながら、気持ちよく寝入ることができるのが嬉しい。

◇

翌朝、朝食を食べに宿屋までやってきた。宿屋の扉を開けると、微かに香ばしい匂いが立ち込めていた。

「この匂いは、もしかして！」

三人で驚いたように顔を見合わせて、急いで食堂に入った。すると、席に座っていた冒険者たちが嬉しそうな顔をしてパンを頬張っているのが見える。

「パンができたんですね！」

「やったな、イリス！」

パンができたことにイリスは喜んだ。もちろん、クレハも私も喜んでいる。

「お、当事者が来たようだぜ」

「よう、嬢ちゃんたち！　先にパンを頂いてるぜ！」

「昨日は小麦を作ってくれてありがとな！」

冒険者たちも私たちに気が付いて気さくに話しかけてくれた。

「昨日、小麦を粉にできたんだ」

「おうよ、冒険者の腕にかかれば小麦を粉に変えるくらい造作もないことよ」

「全力で製粉に力を注いだからな、小麦を全部粉に変えてやったぜ」

「でも、すぐに消費しちまったから、今日も小麦をよろしく頼むな！」

昨日、冒険者たちが一晩でやってくれたらしい。結構な量があったと思ったんだけど、冒険者たちにしてみればそんなでもなかったのかな？

今日も小麦を頼まれてしまった。これは、今日も昨日と同じく頑張らないといけないな。

「今日も頑張って小麦を作るよ！」

「おー、任せたぜ」

「みんなのパンのため、頑張ってくれよな」

「代わりに肉を沢山獲ってきてやるからな」

これでお互いにやることができた。私たちは小麦、冒険者たちは肉の確保だ。どちらもなくてはならない存在、頑張りがいがある。

「あ、いらっしゃい！」

「ミレお姉さん、パンができたんだね」

「そうよ、昨日の夜に冒険者さんたちがね、小麦粉を持ってきてくれたの」

ミレお姉さんが嬉しそうな顔をして現れた。本当に昨日の内に小麦を粉に変えてくれたんだ、冒険者って凄いなぁ。

「ミレ、その子が例の子かい？」

「そうなの。あ、ノアちゃんたちに紹介するわね。お母さんのケニー、奥にいるのがお父さんのセルよ」

「お前たちか、一日で小麦を作ってくれたのは。助かったよありがとう」

食堂の奥からふくよかなおばさんと、細身のおじさんが出てきた。どうやらミレお姉さんの家族みたいだ。

「あと、十六歳になる弟のワッツがいるんだけど、今は宿屋の仕事でここには来られないわ」

「四人家族なんだね」

「そうなの。これからよろしくね」

ミレお姉さんの家族構成は父、母、姉、弟らしい。これだけ居れば宿屋の仕事も割り振ってできそうだ。

「あ、ごめんね待たせちゃって。朝ごはんよね、好きな席に座って待っててー」

慌てたように食堂の奥に引っ込んでしまった。その間に私たちは空いた席に座る。

「パン、楽しみです」

「頑張って収穫したもんな、楽しみだ」

「収穫したてだから、美味しいといいなぁ」

どんな味になっているんだろう、楽しみだ。しばらく待っていると、ミレお姉さんがお盆に料理を乗せて現れた。

「はい、まずはいつものスープ」

肉がゴロンと一個入った、野菜の少ないスープ。

「では、お待ちかね。焼きたてのパンでーす」

「おお！」

「やったぁ！」

「美味しそう！」

皿に乗った小麦色の丸パン。湯気などはたっていないが、焼きたてのいい匂いがする。

「さぁ、食べてみて」

「「「いただきます」」」

三人で声を合わせてパンを頂く。手で持ってみるとまだほんのり温かくて、それが心地いい。手で千切ってみるとちょっと固いが、この世界の他のパンに比べたら柔らかいほうだ。

千切ったパンを口の中に入れて食べた。すると、小麦の香りがふわっと口いっぱいに広がり、微かな甘味を感じる。

「美味しい！」

「うまいぞ、これ！」

「小麦の香りがすごいです！」

この世界のパンとしては美味しい食感と味になっている。久しぶりに食べた美味しいパンの味だ、とても嬉しい。

「ふふっ、そうでしょ？　小麦粉の状態も良かったから、美味しいパンが焼けたの」

そっか、私たちはいい小麦を作ったってことだよね。それを聞いて安心した。植物魔法で急激に成長させる作物は美味しくないいんじゃないかって思っていたけど、そうじゃなかったみたいだ。

「毎日パンを食べにきたいです」

「ウチは肉とパン！」

「小麦粉さえあれば、毎日でもパンを焼いてあげるわ」

「ノア、今日も小麦作り頑張りましょうね！」

「お手伝い頑張るぞ！」

「うん、そうだね。今日も頑張って小麦作りをしよう」

これだけ美味しいパンが食べられるんだ、仕事にも精が出そうだ。村の人に小麦粉は行き渡るし、私たちはパンを食べられるし、いいことずくめだ。

「野菜も欲しいんだけど、まずは主食よね。しばらくは小麦作りをするのよね？」

「うん、作物所のコルクさんと相談しながら、作っていく作物を決めていくと思うよ」

「あぁ、なるほど。なら、コルクさんに任せておけば安心ね。その内、ノアちゃんが作った作物が村に行き渡ることになるわ。あ、もし野菜とかも作ったら真っ先に教えてね。買い付けにいくから」

「分かったよ。冒険者のみんなに食べてもらうんだね」

「そうそう。体が資本の仕事なのに、満足に食べさせられなくて心苦しいの。だから、ノアちゃん頑張ってね」

小麦だけではダメ、野菜も作らなきゃ。やることがいっぱいになっちゃったな。しばらくは畑仕事から離れられなそうだ。

ミレお姉さんが離れていくと、私たちは朝食を食べ進めた。

「どれくらい小麦を作ればいいんでしょうね」

「とりあえず、在庫ができるくらいじゃないのかな？」

「うーん、とにかくまだまだ必要だっていうことだな」

「そうだね。しばらくは小麦作りを頑張るしかないね、二人とも頼んだよ」

「任せてください」

「任せろ！」

頼もしい二人の言葉を聞きながら、塊肉を一噛みする。今日も働くんだから、しっかりと食べないとね。

小麦を作り、小麦粉ができた。村にいるみんなに喜ばれて本当に嬉しかった。子供の自分たちでもみんなの役に立つことができるんだと、この村での居場所を手に入れた感じがしてそれが嬉しかった。

居場所を追われた私たちはここで暮らしていける。その思いが日に日に強くなると、余計な力が入っていたところが少しずつ緩くなっていく感じがした。

まだ完全には気が抜けないけれど、優しい人たちをちょっとだけ頼らせてもらって、生きていければいいな。充実した生活はまだできないけれど、ちょっとずつ前進しているのが分かるから安心できる。

今はちょっとした幸せを感じるだけで十分だ。それだけで、私たちは前に進んでいくことができる。

第三章　村での生活始め

宿屋で朝食を取った私たちは石の家まで戻ってきた。村の中を探索したいけど、まずはお仕事優先だ。種をまく前に畑の拡張をする。一メートル四方ずつ増やして、十一メートル四方の畑にした。

昨日、仕事を終えた感覚だともう少し魔力が残っているみたいだった。だから、少しでも多く収穫するために畑を拡張した。これで今日は昨日よりも多く収穫できそうだ。

昨日残しておいた小麦の実、これが今日の種となる。

「じゃあ、二人ともお願い」

「分かった！」

「分かりました」

二人にお願いすると、畑の端に行って種をまき始めた。私も畑の端に行って種をまき始める。雑に小麦の種をバラまいて、土の上に小麦の種を乗せた。

移動しながらバラまいていく。昨日よりも広い畑になったので、バラまくのが少しだけ大変になった。バラまく種も昨日よりは多くしてあるので、量もそれなりにある。

黙々と種をまいていると、持っている袋に種がなくなった。二人を見てみると、終わったのかこちらに近づいてきている。

「終わったぞー」

「ノアは終わりました？」

「うん、終わったよ。それじゃ、植物魔法を使うね」

「また、あの光景が見られるのですね。楽しみです」

「昨日は凄かったよなー。早くやってくれ！」

三人で畑を出ると、私は畑の前にしゃがむ。畑に手を置いて、準備が完了した。

「それじゃあ、いくよ」

体に秘められた魔力を解放する。

「植物魔法！」

手のひらから一気に魔力が放出されて、それは畑へと広がっていった。すると、小麦の種から芽が出て膨らんできた。ぐんぐん伸びていく芽はあっという間に見慣れた小麦の形を成して、穂先に小麦が実っていく。そして、こうべを垂れて小麦の完成だ。

目の前には畑いっぱいに広がる小麦が見える。

「今日も凄かったです」

「一気に生えるのは見ていて楽しいぞ」

「まだ見慣れないから私も驚いているよ」

まだ二回目だからか、この光景は見慣れない。しばらく放心状態で畑を見つめていると、ハッと我に返る。

「それじゃあ、収穫を始めよう。役割は昨日と一緒でいい？」

「もちろん、いいぞ」

「それでやりましょう」

「よし、収穫開始！」

地道な収穫作業が始まった。

小麦の根本近くの茎を風魔法で切る。風魔法が発動して二メートル四方くらいの小麦が地面に倒れた。今度は倒れた小麦に向かって乾燥の魔法を唱えると、小麦がカサカサに乾燥する。

今度はそれを束にして腕に抱えると、脱穀機の隣にいるクレハの傍に置く。

「じゃあ、よろしくね」

「おう、任せておけ！」

すると、クレハが脱穀機の動力部分を足で押す。脱穀機の突起の付いたローラーが回転し始め、そこにとれたばかりの小麦の穂を近づかせる。突起が穂に付いた小麦の実を弾き飛ばし始めた。

「この瞬間が気持ちいいぞー」

穂先についていた小麦の実がどんどん落ちていき、あっという間に実を落とし終えた。落ちた小麦の実は敷いたシートの上に溜まり、今度はそれをイリスがかき集める。

「今日の小麦の実もぷっくりと膨れてますね。この分だと多く小麦粉が作れそうですね」

嬉しそうな顔をして小さな箒で小麦の実を集める。集めた小麦をふるいの中に入れ、ゴミと小麦の実に分離させる。ふるいを揺らしていくとゴミだけが落ちていき、小麦の実は残る。残った小麦を袋に入れれば、収穫の完了だ。

私はせっせと小麦の茎を切り、乾燥させ、束にしてクレハに持っていく。クレハは小麦の穂を脱穀機に当てて、小麦の実を穂と分離させる。最後にイリスが落ちた小麦の実を集めて、ふるいにかけてゴミと分離させて小麦の実を袋に入れていった。

黙々と作業を続けていくと、畑はあっという間に半分刈り取り終わった。

「んー、あと半分か。クレハは進んでいるかな？」

腰を伸ばして立ち上がると、クレハを見る。私の作業の方が速いからか、クレハの隣には刈られた小麦が沢山置かれてあった。

もしかして、脱穀機がもう一台あればもっと早く終わるかもしれない。今日コルクさんにもう一台借りれないか聞いてみよう。

ちょっとした休憩をした後、再び小麦を刈り始めた。

◇

「よし、これで完了っと」

クレハの隣に収穫した小麦を置いて、私の仕事は終わった。

「ノアの仕事は速いぞー」

「お疲れ様です」

クレハはずっと脱穀機を踏み続けて小麦の実を分離させ、イリスは落ちた小麦の実を集めてふるいにかけている。実を落とす必要のある小麦は沢山あり、まだ終わらない。

どこかに私が手伝えそうなところはあるかな？　クレハの動きを見て考える。すると、クレハの動きが止まる瞬間を見た。シートの上に置いた小麦を取る時足が止まっている。ここをフォローしてあげればいいんじゃないかな？

「私が小麦を取るからクレハはそのまま小麦の実を落とし続けて」

「おう？」

「やってみるよ」

私が小麦の束を抱えて、クレハに渡す。クレハが脱穀機で小麦の実を飛ばし終えると、すぐに新しい小麦を渡す。

「お、お、おう！　なんだか、作業が速くなったぞ！」

「いい調子だね。このままどんどん小麦を渡していくから、クレハもどんどん小麦の実を飛ばしていって」

「分かったぞ。これなら早く終わるような気がする」

クレハの作業効率が格段に上がった。先ほどとは見違える速さで小麦の実を飛ばし始めた。逆に忙しくなったのはイリスの方だ。

「どんどん実が溜まっていきます」

「後でそっちも手伝うね」

「はい、先に脱穀をお願いします」

イリスは忙しそうに実を集め始めた。よし、今日は昨日より量が多いから、手早くやっていかないと夕方になっちゃう。

「クレハ、やるよ」

「おう！　どんどん、小麦を渡してくれ！」

両腕に小麦を抱えると、小麦の束をクレハに渡す。クレハは束を持つと、脱穀機の回っているローラーに小麦の穂を近づかせた。すると、ローラーについた突起が小麦の実を飛ばし始める。

「これが終わったら、すぐにくれ」

「分かった。どんどんやっていこう」

◇

二人で作業をすると、物凄い速さで小麦の実が取れていく。次々に小麦を渡すとクレハがどんどん処理をしていく。その傍ではイリスが一生懸命落ちた小麦の実をかき集めてはふるいにかけていく。

山盛りだった小麦はどんどんかさを減らしていって、時間はかかったが最後の小麦の脱穀が終わった。

「終わったー！」

「終わったな！」

長かった作業がようやく終わった。二人でハイタッチして、喜びを分かち合う。シートの上には沢山の小麦の実が溜まっている。

「じゃあ、今度はイリスを手伝うな」

「お願いします」

「私は残った穂などを焼却処分してくるよ」

「あ、そうですね。分かりました、後片付けお願いします」

「ウチが小麦を集めるな、イリスはふるいを頼む」

「分かりました、分担しましょう」

それぞれの仕事が決まった。クレハは箒で小麦を集めてふるいの中に入れ、イリスはふるいをかけて残った小麦を袋に入れる。そして、私は実をとり終わった穂の処分だ。

脱穀機の近くには沢山の穂が積み重なっていた。それを両腕で抱えると、畑に移動させる。畑に残った根と一緒に焼却処分するつもりだ。一人でせっせと穂を畑に移動させた。

「よし、後は燃やすだけだね」

畑の上に沢山の穂が積み重なっている。少し離れた位置から手をかざすと、火魔法を発動させる。火は満遍なく畑に降り注ぎ、燃え広がった。

火は穂を燃やし、根を燃やした。私は火が飛ばないように監視を続け、燃え尽きるまで待つ。しばらく待っていると火が小さくなり、消えた。残ったのは燃えカスだけだ。

最後に畑に手をつくと、地魔法を発動させて燃えカスと土を混ぜこむ。よし、これで明日の準備が完了だ。

二人のところへいくと、小麦の入った袋を荷車に乗せているところだった。どうやら、あちらも終わったみたいだ。

「二人とも終わったの？」

「おう、終わったぞ！」

「今日は昨日より少し早めに終わりましたね」

「まだ夕暮れ前だから、そうだね。それじゃあ、コルクさんのところへ行こうか」

「その後は夕食だぞ。お腹ペコペコだ～」

「またパンが食べられるといいですね」

まぁ、昼食を食べないで作業しているからお腹も減るよね。宿屋では今は昼食は作っていないって言ってたから、自分たちで何とかしないといけない。どうにかして食べる手立てを考えないと。

クレハが荷車を引き、私たち二人が荷車の後ろから押して行く。

◇

小麦を積んだ荷車を引いていき、作物所のところへやってきた。荷車を建物の近くに置き、私たちは中へと入る。

「すいませーん。小麦を売りにきたよー」

店の中に入って大声で用件を伝えると、店の奥から物音がした。しばらく待っていると、コルクさんが現れる。

「よう、昨日より早いな。どれ、小麦を店の中に運んでくれ」

「はーい」

コルクさんの指示を受け、私たちは外にある荷車から小麦の入った袋を店のカウンターに置いていった。その間、コルクさんは運んできた小麦を量っていく。

「今日は全部で六十キロになるな。どうして昨日よりも量が多くて、仕事が早く終わったんだ？」

「作業を見直してみたら、早く終わっただけだよ」

「そ、そうなのか？　すごいな」

「ノアはすごいんだぞ！」

「ノアのお陰ですね」

コルクさんは昨日よりも早く多くの小麦が納品されて驚いているみたいだった。二人が持ち上げてくれるのは嬉しいけど、ちょっと恥ずかしいな。

「ほら、今日の報酬だ」

「ありがとう」

小麦の売上金を貰い、背負い袋に入っている袋に硬貨を入れた。今日は昨日よりも多く貰えたから嬉しいな。

「そうだ、食べ物を売っている店ってない？」

「食べ物？　うちでも売っているが、この有様だから今は勧められねぇか」

店の中を見てみると、数えられる程度の野菜しか売られていない。数が少ないから値段も高くなっていて、あまり積極的に買おうとは思えなかった。野菜は自分たちで作るまでちょっと待っていたほうがいいかもしれない。

「ガロンがやっている肉屋と調味料を売っている雑貨屋のサラんところだな。肉屋はこの周辺で狩られる魔物肉を売っていて、雑貨屋の商品は他の町から仕入れてきているんだ」

「肉、肉が売っているのか!?　行こう、今すぐ行こう！」

「クレハ落ち着いてくださいー」

肉屋と雑貨屋か、そこに行けば食べるものが一応手に入りそうだね。

「ありがとう。とりあえず、行ってみるよ」

「おう！　どの店もこの周辺にあるから、分かると思うぞ。明日もよろしくな！」

「肉、肉、肉ー！」

「ちょっと、クレハ！　ありがとうございましたー」

飛び出していったクレハを追うように私たちは作物所を後にした。

作物所を出てお店っぽい建物を探すと、すぐ近くにあった。肉の看板を掲げた肉屋だ。

「肉屋はここだぞ！　早く入ろう！」

「クレハ、落ち着いてください」

「今日は買わないからね」

「なんでだ!?」

「夕食は宿屋で取るでしょ？　肉を買うんだったら、明日だからね。今日は商品を見るだけ、いいね？」

「……はーい」

クレハはがっくりと肩を落とした。クレハは本当に肉が好きだな、狼獣人だからかな？

荷車を置いて店の中に入ってみると、店の中には色んな肉が吊るされていた。

「いらっしゃい」

すると、店の奥から威勢のいい声が聞こえてきた。視線をそちらに移すと黒髪をオールバックにしたおじさんがこちらを見ている。

「おや、見慣れない顔だな。どこの子だ」

「先日、この村に移住してきたノアとクレハとイリスです。よろしくお願いします」

「もしかして、小麦を作っている子たちかい？」

「うん、そうだけど」

私たちのことがもう村に知られている？　そのことに驚いていると、そのおじさんは笑顔で対応してくれる。

「そうか、そうか！　いやー、助かったよ。ようやく小麦粉が手に入ったから、久しぶりにパンが食べられるようになった。とはいっても、一日分くらいだけどな」

「パンが食べられて良かった。今日も小麦を納品したんで、小麦粉が作られると思うよ」

「そいつは楽しみだ。村のために小麦を沢山作ってくれよ」

あの量だから村全体に行き渡るか不安だったけど、少なくとも村人には売られているらしい。でも、まだまだ足りないと思うのでどんどん作っていかなきゃいけないね。

「なぁなぁ、ノア」

「ん、あーごめんごめん」

クレハが裾《すそ》を引っ張ってきた。どうやら話が長すぎたようだ、本題のお肉を見せてもらおう。

「あの肉を見せてもらってもいい？」

「もちろん、いいぞ。何か買っていくか？」

「明日買いに来るので、その下見です」

「そうか、そうか。存分に見ていってくれ」

許しが出たので、店頭に吊るされた肉を見ていく。大小様々な肉の固まりがあり、部位も色々とある。

「クレハはどんな肉が食べたい？」

「ウチは骨付き肉が食べたいぞ。明日、買う肉はこれがいい！」

そう言って指さしたのは、私の体と同じ大きさの肉だ。いや、流石にこれはちょっと大きいかな。

「もっと小さくないと持ち運べませんよ」

「もっと小さいのか……どれくらい？」

「片手で持てるくらいの大きさじゃないと困るんじゃないですか？」

「片手、片手……」

クレハは手を肉の前にかざして大きさを測っていた。クレハが肉を見ている間におじさんに質問をする。

「ここにはどんな肉があるの？」

「冒険者が狩ってきた魔物肉や狩人が狩ってきた動物の肉が置いてあるぞ。冒険者はホーンラビット、ワイルドボア、オストクック、オークなんかを狩ってきたりする。狩人は森ネズミ、ヘビ、ウサギ、森バト、森ブタ、シカを狩ってくるな。肉の種類は豊富にあるぞ」

沢山の肉の種類があるようだ。宿屋でもそうだったけど、ここでは肉には困らなそうで良かった。足りないのは主食と野菜だけなんだね。

「なぁなぁ、ウチはこの肉がいいぞ」

「そいつはホーンラビットの肉だな」

「それくらいの大きさならいいと思います」

「明日はこれを買おう、なっ？」

「うん、いいよ」

「やった！」

お目当てのお肉を食べられるとあってクレハは飛んで喜んでいる。頑張ってお手伝いしてくれているんだから、お腹いっぱいに食べさせてやりたいよね。

「そうそう、ウチは加工肉とかも扱っているぜ。ソーセージ、ベーコン、燻製肉、ひき肉、希望があったら出してやるからな」

「ほ、他にも肉があるのか！　ここは天国かー？」

「もう、クレハったら」

「今度は加工肉も見せてもらおうか」

「うん、楽しみなんだぞ！」

加工肉も売っているなら、そっちを買ってもよさそうだ。明日来て、肉を買おう。

「それじゃあ、今日は失礼します」

「おう、明日来てなんか買ってくれよな」

「また来るぞ～！」

「また明日」

そう言って、私たちは肉屋を出ていった。あとは、雑貨屋だね。

荷車を押して移動すると、店っぽい建物を発見した。看板を見てみると、いろんな道具が描かれてあり、多分ここが雑貨屋なんじゃないかな？

荷車を置き、店の中に入ってみると、店頭には様々な物が置かれてあった。雑貨屋はここで良かったみたい。

「あら、いらっしゃい。初めて見る子たちだね」

「先日、この村に移住してきたノア、クレハ、イリスです。よろしくお願いします」

「クレハだぞ」

「イリスです」

「まぁまぁ、そうだったの。これからよろしくね」

店の奥にいた雑貨屋のおばさんは気さくに話しかけてくれた。この村の人はみんな優しい人ばかりで本当に良かったな。

「何か買っていくかい？」

「んー……そうだね、何も道具がないから買っていく」

「なら、じっくり見ていってくれよ。閉店まではまだあるからね」

明日、昼食に肉を食べるなら必要そうなものは買っておいた方がいいだろう。

「何を買うんですか？」

「明日、昼食に肉を食べるでしょ？　その時に必要なものを買おうと思って」

「肉を焼くための道具も必要だぞ」

「そうだよねぇ、どうやって焼こうか？」

肉の焼き方はどうしよう。今までは生活魔法の発火でなんとか焼いていたけれど、そういうわけにもいかないし。道具を使って焼けたらいいんだけどな。

「肉を焼くための道具かい？　なら、いくつか候補はあるよ。串に刺して焼く方法、網の上で肉を転がしながら焼く方法、鉄板の上で肉をひっくり返しながら焼く方法」

「うーん、色んなやり方があるなぁ」

「迷いますねぇ」

「ウチはなんでもいいぞ！」

どのやり方も美味しそうなんだけど、今後のことも考えながら買った方がいいよね。

串にしちゃうとそれだけしかできなくなる。網の上だったら、肉以外でも焼ける。鉄板もそう、他の物も焼ける。ということは、利便性のある網と鉄板のどちらかがいいかな？

「網と鉄板、両方みせてもらってもいいですか？」

「いいよ、こっちにあるよ」

店の奥からおばさんがこちらに近づいてきた。そして、店頭を歩くとある場所を示す。そこには鉄板と網が置かれてあった。

両方見比べて考える。どうやら鉄板よりも網のほうが安いみたいだ。だったら網の一択なんだけど、鉄板だったら色んな料理ができそうに思えてきた。

ここは利便性をとって鉄板を買おう。

「鉄板をください」

「はいよ。なら、他にも必要なものがあるんじゃないか？　材料を炒める時に使うトング、料理を入れる皿、料理を食べる時に使うフォーク、あれば嬉しい水を飲めるコップとかはどうだい」

「必要そうなものばかりだ」

くっ、出費が痛い。でも石の家に帰っても何もないし、一から物を集めなくちゃいけない。これくらいの出費なら大丈夫かな？

「全部ください」

「はいよ、毎度あり。全部木でできているし、そんなに高い買い物じゃないから心配しなくてもいいよ」

「それは良かった。沢山買ったからお金が心配で……あっ！　塩とかも売ってますか？」

「もちろんあるよ、塩も入れておくね」

おばさんは次々と必要なものを店頭から選び出して、私たちに渡していく。手で荷物を持つのは大変なので、背負い袋に入れていった。

「よし、これで全部だ。会計はこれくらいになるよ」

おばさんがそろばんを取り出して、それを見せてきた。うっ、結構するな。

「鉄板が高いからね、これくらいはしちゃうのさ」

「必要なものだから、仕方がない。はい、おばさん」

「毎度あり。これはおつりね」

なんとか会計を済ませることができたけど、かなりお金が減っちゃったな。渋い顔をしていると、クレハが心配そうに話しかけてくる。

「明日、肉買えるお金残っているか？」

「ん？　うん、それは大丈夫だよ」

「ほっ、良かった」

「頑張って働いてお金を貯めるしかありませんね」

「そうだね、頑張って小麦を作らなきゃ」

「小麦？　もしかして、あんたたちかい？　小麦を作っている子供って」

「うん、そうだよ」

「そうかい、そうかい！　小麦を作ってくれてありがとよ、お陰でパンが食べられるようになったよ」

ここでもお礼を言われてしまった。なんだか恥ずかしいな。でも、村のためになっているんだから良かった。もっと小麦を作っておかないとね。明日からまた頑張ろう！

「それじゃあ、おばさん。色々とありがとう」

「こちらこそ、沢山買ってくれてありがとよ。また来ておくれ」

おばさんに別れを告げると、私たちは店を後にした。外に出ると夕暮れになっていて、クレハのお腹の虫が盛大に鳴った。宿屋に行って夕食を食べないとね。

◇

翌朝、身支度を済ませた私たちは宿屋に朝食を食べに出かけた。

「ふんふんふーん、今日の昼食はお肉ー」

出かけている最中、クレハは上機嫌だ。この村に来てから取ってなかった昼食を食べられる、しかも好物の肉とあって機嫌がすこぶるいい。

「クレハったらスキップしちゃってます」

「相当嬉しいんだろうね」

スキップしながら前を行くクレハを見ていると和む。尻尾《しっぽ》もふさふさと嬉しそうに左右に揺れていて、可愛い。そんな調子で宿屋に着き、食堂の中に入った。

すると、パンの焼けたいい匂いがしてくる。

「今日も焼きたてのパンがあるみたいですね」

「イリスも嬉しそうだね」

「はい！」

イリスはパンが好きなのかな？　二人とも好きなものが食べられるから良かったね。なんだか私も嬉しくなる。

席に着くと、ミレお姉さんが近寄ってきた。すでに手には料理が乗っていた。

「いらっしゃい。はい、いつものね」

「凄く早くてビックリりしちゃった」

「ふふっ、宿屋に入った瞬間から用意を始めていたのよ」

「それは本当なのか、ミレはすごいな！」

「私たちが入ってきたのが分かったんですか？」

「そーよー、経験があれば目を瞑っていても音だけで誰が入ってきたか分かるわ」

「それ、本当ー？」

「ふふっ、冗談よ。はい、今日もパンがあるから、存分に食べていってね」

雑談をしながらミレお姉さんが食事を私たちの前に置いていく。今日もパンと野菜の少ない肉スープだ。食べられるだけでもありがたい、いただきます。

「肉がホロホロだぞー」

「パンがすごく香ばしいです」

二人とも幸せそうに食べているな。そんな二人を見ていると、食事がますます美味しく感じる。そのまま幸せそうな二人を眺めながら食事を進めていった。

「ふー、ごちそうさまだぞ」

「ごちそうさまでした」

「ごちそうさま」

あっという間にペロリと完食する。それを見計らったようにミレお姉さんが食器を片づけにやってきた。

「おそまつさま」

「そうです、パンって売ってないんですか？」

「あー、パンね。まだここで消費する分しか小麦粉が手に入らないから、そんなに作れてないのよ」

「そうですか、残念です」

そっか、ここで買えば昼食で食べられたかもしれないんだ。でも、まだまだ小麦が足りないことが分かったね。数十キロだけじゃ、この村で消費する分しか作れてないんだ。せめて百キロは作りたいな。

「ノア、もっともっと頑張って小麦を作っていきましょう」

「うん、そうだね。みんなが三食パンを食べられるようにしないと」

「ウチも頑張るぞー！」

「三人とも期待しているわ」

「頑張れよー！　応援しているからな！」

「小麦粉作りは俺たちに任せて、小麦作りは嬢ちゃんたちが頑張れよー！」

食堂にいた人たちに応援され、とても賑やかになった。よーし、みんなの声援を受けてやる気も十分。今日も畑を拡張して、沢山の小麦を作っていくよ！

◇

宿屋で朝食を取り終えた私たちは、肉屋に寄って昼食用の肉を買った。クレハ用にホーンラビット肉一つ、私とイリス用にウサギ肉二つ。これだけあれば足りるだろう。

石の家に戻ってきた私はすぐに畑を拡張した。無理をしないように縦横一メートルずつ延ばす。少しずつ大きくしていって、魔力が尽きないぎりぎりを狙いたい。

次に昨日残しておいた小麦の種をみんなでバラまいていく。昨日よりも量は多いが、それほど時間はかからずバラまき終えた。

小麦の種をまき終えると、植物魔法の出番だ。畑に手をついて魔力を高めて放出すると、小麦の種が一気に穂が垂れさがった小麦に成長した。

「よし、収穫するぞー！」

元気のいいクレハの声が響いた。今日は昼食用の肉があるので、初めからパワー全開みたい。私は早速風魔法を使い小麦を刈り取り、刈り取った小麦を乾燥させてクレハのところに持っていった。

「うおぉぉ、今日はやるぞー！」

物凄い速さでローラーを回して小麦の実を取っていく。三日目ともなれば手つきは慣れていて、すぐに小麦の実は落とされていった。

「クレハの気合が凄いですね」

「昼食の力かな？」

「私たちもクレハに負けないように頑張らないといけませんね」

「そうだね、今日も頑張ろう」

物凄い勢いで小麦の実を取るクレハを見て、私たちもやる気が出てきた。すぐに自分の仕事に戻ると、小麦を刈り取っていく。

◇

「そろそろ、昼食の時間か」

高くなった太陽とお腹の減り具合からそろそろだと思う。小麦を刈るのを一旦止めて、石の家に近づいていく。そこには事前に用意していた石と枯れ木で作った焚火台《たきびだい》があり、その上には鉄板が乗せられている。

枯れ木に火魔法で火を点けて、鉄板を温めた。その間に肉の下処理をする。それぞれの肉に買ってきた塩を振りかけて、これで味付けの完成だ。

するといい鉄板がいい感じに熱されている。その鉄板に肉を置くと、ジューッと美味しそうな音が聞こえてきた。肉を三つ並べると鉄板の上は隙間もないくらいいっぱいになった。

あとは火加減を弱火にしておいてっと。よし、これでしばらくしたらひっくり返しに来よう。私は作業へと戻り、小麦を刈り始めた。しばらく作業をしていると、いい匂いがこちらまで漂ってきた。

「ぬおぉぉ、美味しそうな匂いだぞー」

「本当だ、いい匂いですね」

クレハの作業効率がまた一段と上がった。その余波を受けて傍にいるイリスは忙しそうに小麦の実を集めている。やっぱり、昼食があるのとないのとじゃ作業効率は段違いだね。

私は一旦作業の手を止めて、鉄板のところへ行く。木のトングで裏返してみると、いい感じの焼き目がついていてとても美味しそうだった。後はもう片面を焼いてっと、これでしばらくしたら食べられるね。

「もう少しで肉が焼けるから、もうひと踏ん張りだよー！」

「おー！」

「はい！」

明るい二人の返事が聞こえた、私も張り切って小麦の刈り取りを続ける。作業中、肉の焼ける匂いが本当に美味しそうでよだれが止まらなかった。

しばらく作業をしていると、肉の匂いに香ばしさが混じり始めた。そろそろかな、と作業の手を止めて鉄板のところへ行ってみる。木のトングで裏側を見ると、丁度いい焦げ目がついていた。完成だ。

「二人とも｜、お肉が焼けたよ｜！」

「本当か⁉　これが終わったら行く！」

「今、行きま｜す！」

二人を呼び寄せると、私は準備を始めた。まずテーブルを地魔法で石を出して作り、次にイスも地魔法の石で作る。皿に肉を盛ってテーブルに並べ、コップに生活魔法で水を入れる。あとは木のフォークを並べて、これで完了だ。

「うわ｜、美味しそうだぞ！」

「近くに来てみると、匂いが濃いです」

「座って食べよう」

二人が作りたての石のイスに座り、三人で手を合わせた。

「「「いただきます」」」

フォークで肉を刺して持ち上げ、焼きたての肉にかぶりつく。ジュワッと肉汁が溢れだし、肉のうま味が口いっぱいに広がる。

「「「おいし〜！」」」

三人の声がかぶってしまった。でも、そんなこと気にする暇もないまま、肉にかぶりつく。ウサギの肉は柔らかくて、さっぱりとした味だ。噛めば噛むほど優しいうま味がにじみ出てきて、食べるのを止められない。

行儀は悪いがフォークを外して、手づかみで食べ始める。すると、とても食べやすくなって、食がどんどん進んでいく。

「ウサギの肉はさっぱりとしていて柔らかくて美味しいね」

「はい、さっぱりとしていながらもうま味も感じて美味しいです」

「ウチの肉はちょっと固めだけど味が濃いぞ。肉食べてる感じがする」

「ウサギとホーンラビットは同じようで違うんだね」

「ウチはホーンラビットが気に入ったぞ！」

「私はウサギ肉で良かったです。自分にぴったりでした」

ウサギ肉もホーンラビット肉もそれぞれに特徴があるようだ。食べ比べをしてみるのも楽しいのかもしれない。それに、肉の種類も豊富だったし楽しみが増えた。

お肉だけの昼食だったけど、三人で一緒に食べればお肉だけでも十分だった。美味しく感じられる環境に感謝だね。

◇

お昼にお肉を食べてお腹が満たされたお陰か、午後の仕事は昨日よりも早く進んでいった。小麦の刈り取りがすぐに終わり、クレハの手伝いをし始めると、凄いペースで作業が速まった。

とにかくクレハの勢いが凄い。

「肉パワー、うおぉぉっ！」

脱穀機の動力部分でもある足踏みが速いと、脱穀するローラーの部分も速くなる。すると、小麦の穂に当たる突起の速さが増して、脱穀が速くなる。

お陰でクレハの手伝いをする私と小麦の実を集めるイリスの仕事も必然的に速くなった。そんなクレハのお陰で脱穀は物凄い速さで終わっていき、昨日よりも量が多いはずなのに昨日よりも早く終わってしまった。

「すごいね、クレハ」

「昼食があったから頑張れたんだぞ！　もっと食べれば、もっと頑張れるぞ」

「クレハは肉が絡むと面白いですね。明日は食べる量増やしてみます？」

「いいのか!?　そしたら今日以上に頑張れるんだぞー！」

「一番大変なのはクレハの仕事だから、それくらいなら大丈夫」

「えへへ、明日はなんの肉を食べようかな」

甘やかすのは良くないけれど、これは甘やかしではない。仕事に対する正当な報酬だ。

「それに沢山小麦を作れば、いつかパンも昼食に食べられるかもしれませんしね」

「あー、なるほどね。もっと小麦を作れば、昼食にパンは食べられそう」

「ですよね！　ここはノアとクレハに頑張ってもらって、私が精一杯お手伝いをする。そうしたら、パンを食べられる回数が増えます」

なるほどね、イリスなりに目的があったんだ。植物魔法で私が頑張って、クレハが脱穀を頑張る。二人が頑張れば頑張るほど、小麦の量が増え、結果的に作れるパンの量が増える。

そういう目的があったほうがやりがいもあっていい。私のやりがいは……とにかく二人が嬉しくなると私も嬉しくなる、かな。今はそれで十分、私が頑張ると二人も村も良いことずくめだし。

「じゃあ、私は残った小麦の穂と根を燃やしてくるよ」

「後片付けよろしくお願いします」

「イリス、どっちが多く小麦の実を取れるか勝負だ！」

「あ、先にやってズルい！」

シートの上に散らばった小麦の実をかき集め始めるクレハとイリス。それを見届けた私は、山になった小麦の穂を両腕で抱えながら畑へと向かっていった。

◇

「今日は七十キロだ。毎日小麦の量が増えて、本当に助かってる」

仕事を終えた私たちは作物所のコルクさんのところへとやってきた。どうやら今日の収穫は七十キロだったらしい、順調に小麦が増えていっているようで良かった。

コルクさんから報酬を受け取ると、私たちは外へ出た。まだ夕食を食べるには早い時間だ。

「そうだ、この村を見て回らない？」

「いいですね、まだ全部見回っていないので賛成です」

「ウチも賛成だぞ」

村に来たのに、あまり村のことを知らないことに気が付いた。私の提案に二人が乗ってくれて良かった。まず先に宿屋に行くと、荷車を置いておく。それから村の中の散策を始めた。

村の中心地には店らしき建物ばかりで民家は見当たらない。村の中心地以外の場所に民家があるのかな、そう思いながらお店の看板を見てみると気になるお店があった。

「服の絵が描かれてる……仕立屋さんかな？」

服か……今自分たちは着たきり雀になっている。予備の服は全くない。肌や服の汚れは生活魔法の洗浄で綺麗にはなっているんだけど、気持ち的に替えの服がないのはちょっとね。

「ねぇ、この店に入ってもいい？」

「はい」

「いいぞー」

二人に聞いてみると、オッケーだった。早速扉を開けて中に入っていくと、目に飛び込んできたのは色んな生地だ。色とりどりで柄も様々ある生地が所狭しと並んでいた。

「いらっしゃい」

店の奥から声がして覗いてみると、赤茶色の髪を緩く三つ編みにしたお姉さんがカウンターに座っていた。

「見慣れない顔ね、新しく来た子？」

「はい。最近村に住み始めたノア、クレハ、イリスです。よろしくお願いします」

「ん、もしかして小麦を作っているっていう三人娘ってあなたたちなの？」

「うん、そうだけど」

「そうだったの！　来てくれて本当にありがとう、久しぶりに小麦粉を使った料理が作れたわ」

この村ではもう小麦を作っているのが私たちだっていうことが広まっているみたい。そのお陰で会う人たちみんな好印象なのは助かるよね。

「ここは仕立屋さん？」

「ええ、そうよ。お客さんが生地を選んで、私たち夫婦が服を仕立てているの。見たところ、かなりほつれているところがあるみたいね」

「事情があってこの村に来たんだけど、荷物が全然なくて。服もこれ一着しかないの」

「あら、そうなの？　それだったら、ここで服を仕立てていったらどう？」

「うん、お願いします」

「あなたー、お客さんよー。ちょっと手伝ってー」

お姉さんが店の奥に声をかけると、奥から旦那さんが出てきた。短めの深緑色の髪を一本に結んだお兄さんだ。

「お、初めてみる顔だな」

「ほら、小麦を作っているっていうあの三人娘の」

「あー、そうなのか!?　よく来てくれたな、歓迎するよ」

「私が採寸するから、記録とってね」

「分かったよ」

お兄さんにも歓迎されて、ちょっと照れくさい。

「誰から採寸する？」

「じゃあ、私からで」

「分かったわ、ここに立って腕を水平に持ち上げて頂戴」

指定の場所に行くと腕を水平に上げる。すると、すかさずメジャーを持ったお姉さんが長さを測っていく。お姉さんが長さを測ると、その記録をお兄さんがしていく。そうやって、全身の採寸を進めていった。

私の採寸が終わると、イリスの採寸。イリスの採寸が終わると、クレハの採寸。三人とも順調に採寸が終わった。

「これでいいわ。ところでどんな服がいいのかしら？」

「ウチは動き回るからシャツとズボンがいいぞ。ズボンも動きやすくして欲しいぞ」

「私はワンピースがいいです。長さは膝丈くらいは欲しいです」

「私は襟付きのシャツに膝丈くらいのスカートがいいな」

「よし、記録したよ」

「じゃあ、次に生地を選んでね」

と、そんなことを言われたが。

「この中から」

「選ぶの、か？」

「多いです」

店の中に所狭しと置かれた生地は数えきれなくて、色も柄もいっぱいあって決めきれない。組み合わせも考えなきゃいけないし、とても難しそうだ。

「うー、こんがらがってきたぞ。これとこれか、それともそれとそれか？」

「何か基準とかあるんですかね。こんなこと初めてでどうしていいか分からないです」

「こんなに数があったんじゃ、組み合わせは無限にありそうだね」

クレハもイリスもどんな風に組み合わせたらいいか分からないらしい。色々な生地を見て回るが、どれがいいかなんていうのは分からないよね。私も分からない。

「おや、悩んでいるようだね。それだったら、僕たちにお任せなんていうのもできるよ」

「お任せかー」

「そうそう。村の人たちも決めきれなくてお任せにする人もいるから、それでもいいわよ」

「ウチはお任せにするぞ！」

「私もお任せにします」

「私もお任せで」

「はい、承りました」

素人が決めるより、プロが決めたほうがいいよ。三人ともお任せでお願いすると、お姉さんは喜んで引き受けてくれた。

「今は他の仕事をしてないから、すぐにできると思うわ。とりあえず、明後日の今頃に来てくれないかしら」

「えっ、そんなに早くできるの？」

「もちろんよ、なんてったってここにはミシンがあるんだから」

この世界にもミシンがあったんだ！

「ミシンってなんだ？」

「布を縫ってくれる機械のことよ。魔力で動くようになっているのよ」

「そんなに凄いものがあるんですね！」

「そうよ、この店を作る時に奮発しちゃったの！　この村がいずれ大きくなってお客さんが多く来てくれることを見越してね、先行投資ってやつよ」

魔力で動くミシンなんていうのがあるんだ、異世界だなぁ。構造とかは前世のものと変わらないのかな。ちょっと気になるけれど、あんまり突っ込むと変に思われそうだから止めておこう。

「だから、縫うのは早く終わるから早く仕上がるのよ。期待して待っててね」

新しい服ができる、それが嬉しくて堪らない。三人で顔を見合わせ、初めてのオーダーメイドの服に笑顔になった。

仕立屋を出ると、外は夕暮れになっていた。

「大分遅くなっちゃったね」

「宿屋に行って夕食にしましょう」

「ウチ、お腹ペコペコだぞ〜」

私もお腹が減った、早く宿屋に行こう。宿屋はそんなに離れていないところにあるので、すぐに辿り着く。いつものように宿屋に入り食堂に行くと、冒険者たちが食事を始めていた。

すると、すぐにミレお姉さんが現れる。

「いらっしゃい。座っててちょっと待っててね」

ミレお姉さんはそう言い残すと食堂の奥に移動した。食事を用意してもらっている間に私たちは好きな席に座る。周りにいる冒険者たちの食事を見てみると、どうやら今日は肉焼きの日みたいだ。

「今日は肉焼きだぞ〜、嬉しい」

「良かった、パンもありそうですね」

肉とパンは食べられそうだ。早く野菜も食べられるようになりたいけど、いつ頃になるかな？

「はい、料理おまたせ」

すると、ミレお姉さんが料理を持って現れた。テーブルの上に肉焼き、パン、コップが置かれる。美味しそうだ。

「今日も小麦の収穫お疲れ様。調子はどう？」

「順調だよ。今日も収穫量アップしたからね」

「あら、それは嬉しい。まだまだ小麦粉はギリギリだから、もっとあってもいいと思ってたのよ」

そっか、小麦粉の量は満足にはないみたい。この村に何人いるか分からないけれど、もしかしたら全体にまだ行き渡ってないのかもしれない。まだまだ作っていかないとね。

「今日は何か変わったことあった？」

「服を仕立てにいったよ」

「あら、そうなの？　それはいいわね、あそこの仕立屋は本当にいい店なのよね。話を聞いていたら、また仕立ててもらいたくなったわ。きっと、良い服ができるわ」

ミレお姉さんは羨ましそうにして、この場を離れていった。あの仕立屋は村でも評判のお店らしい。いい店に服を注文できて本当に良かった。

「どんな服ができるんでしょうね。今まで古着しか着てこなかったので、新しい服ってワクワクします」

「ウチは良く分かんないけど、新しい服っていうのが気になるぞ」

「私も気になるなー。新しい服ってどんな感じなんだろうね」

新しい服は初体験らしく、二人ともワクワクとした様子だ。私もこの世界では初めての新しい服でワクワクしている。どんな服に仕上がるんだろう。

服の話題で盛り上がりながら、夕食を食べていく。

◇

今日は服が仕上がる日だ。早く仕上がった服が見たくて、今日も小麦の収穫はかなりの速度で進めていった。毎日作る量を少しずつ増やしているのに、作業効率が良いせいでかかる時間はほぼ変わらない。

小麦の収穫が終わり、作物所にいるコルクさんのところに小麦を卸しにいった。量の増加と作業の速さにコルクさんが驚いているのを見てから、仕立屋に行く。

「とうとうですね、新しい服」

「そうだな、どんなのができているんだろうな」

「楽しみだね」

荷車を宿屋に置いてから仕立屋へと向かった。しばらく歩いていると、仕立屋の建物が見えてくる。

ドキドキしながら扉を開いた。

「すいませーん、服取りに来ましたー」

「あら、いらっしゃい。待ってたわよ」

「服、できてるか!?」

「もちろん、できあがっているわよ」

「うわー、楽しみ」

お姉さんが店の奥から現れた。どうやら、仕上がっているみたいだ。どんな服が出てくるのか楽しみ。

カウンターの奥にある棚から何かを取り出すと、カウンターに並べていく。

「これがノアちゃん、クレハちゃん、イリスちゃんね」

「手にとってもいい？」

「もちろん、広げてみていいわよ」

三人でできたての服を手に取って広げてみる。

「わー、凄く綺麗！」

「服ってこんなに綺麗なんだな！」

「すごい、新しい服だ！」

広げられたのはほつれも汚れも一切ない真新しい服だ。今着ている古着とは比べ物にならないほどに綺麗な生地で作られている。誰も袖を通したことのない服、それを着られる。

「どうする、ここで着ていく？」

「着ていっていいのか!?」

「店を閉めておけば、ここには誰も入ってこないわ。新しい服を着たあなたたちを見てみたいしね」

「着ていきましょうよ」

「うん、そうしようか」

すぐに服が着られるとあって、私たちはテンションが上がった。ちょっと、お店を借りて服を着てみよう。

◇

「どうだ、似合うか？」

「私はどうでしょう？」

「私はどう？」

新しい服に袖を通し、三人で見せ合いっこした。私は襟のついたシャツに膝丈までのスカート、イリスは膝丈までのワンピース、クレハはシャツにダブついたズボンだ。

「イリスがイリスじゃないぞ！」

「ノアのスカート、ひらひらしてて可愛い！」

「クレハのズボン、カッコいいね！」

服が綺麗すぎて違和感を覚えるけれど、みんなそれぞれの服は似合っていた。でも見違えるなー、流石は新しい服、新しく仕立てた服だね！

「うん、うん。三人とも似合ってるわよー、流石は私たちね」

「この服、凄く気持ちいいし、とっても動きやすいぞ！」

「肌触りが段違いにいいです。こんな服が着られるなんて感動です」

「でも、ちょっと大き目に作られているのかな？」

「そうそう、あなたたちはまだ成長期だからね、ちょっと大き目に作っておいたわ。そのほうが長く

「着られていいでしょ」

「なるほど。細かい気づかい助かります」

「いいのよ、それが仕事だからね」

クレハは店の中を歩き回ったりジャンプしたりして服の着心地を調べ、イリスは服を撫でて肌触りを確認している。服、作ってよかったな。

「あ、精算お願いします」

「はい、これくらいになるわ」

うっ、やっぱり高いな。それでも買えなくはない値段だ。背負い袋から袋を取り出して、必要な硬貨を渡した。

「はい、毎度ありがとう」

「また、お金が貯まったら服を注文してもいい？」

「もちろんよ。服以外にも靴《くつ》、鞄《かばん》、小物も作ったりしているから利用してね。あと、革製品も扱っているから、何か欲しかったらここに来ればいいわ」

「ここって何でも屋みたい。そんなに沢山のものを作っているなんて」

「旦那も職人だからね、二人いればなんだって作れちゃうんだから」

そっか、二人とも職人だから色んな物が作れるんだ。

「靴も欲しくなりますねー」

「靴、欲しいぞ！」

「確かに、次は靴が欲しくなるかも」

欲しいものが次から次に溢れてくる。本当に物がないんだなぁ、必要なものを集めるだけでも一苦労かも。お金が必要だし、ますます頑張らないといけなくなるね。

「靴は旦那が作ってくれるわ。あ、そういえば名前言ってなかったわね。私の名前はクレア、旦那の名前はラットよ」

「クレアさんとラットさんだね。これからよろしく！」

「よろしく！」

「よろしくお願いします」

「こちらこそ、よろしくね」

これからもお世話になりそうだ。お互いに挨拶し終えると、私たちは仕立屋を後にした。真新しい服を着ると、新たな一歩を踏み出したような気になる。

◇

「まぁ！　それが新しい服なのね！」

宿屋の食堂に入ると、ミレお姉さんが驚いた顔をして近づいてきた。

「ふっふっふっ、ウチらの服はどうだ？」

「すっごく似合ってるわ。まるで別人みたい！」

「そうですか？　なんだか照れてしまいますね」

「ふふっ、そういうところも可愛いわよ」

ミレお姉さんが私たちの恰好を見て褒めに褒めてくれる。私も照れてきちゃった。

「お、嬢ちゃんたちの新しい服か。こりゃいいな！」

「随分と可愛らしくなってるじゃねぇか！　似合ってるぞ！」

「こりゃ、ここで食う飯ももっと美味くなるって話よ！」

その場にいた冒険者たちも会話に入ってきて、やんややんやと持ち上げてくる。なんだか、恥ずかしくなってきちゃったよ。でも、ちょっといい気分。

◇

小麦作りをして一週間が経った。とても順調に進んでいて、今では小麦を百キロも収穫できるようになった。量は増えたけれど、夕方前にはなんとか全ての作業が終わるくらいにはなっている。

今日も収穫した小麦を作物所のコルクさんのところに持ち込んだ時だった。

「みんなのお陰で少量ではあるが、小麦粉の在庫ができた」

今まで製粉したらすぐに使い切っていた小麦粉の在庫ができたらしい。私たちが頑張って小麦を作ったお陰みたいだ。

「ということは、この村の小麦粉不足の問題は解消したってこと？」

「その問題はお前たちが小麦を作らなくなったら、すぐに問題として出てくるぞ。だから、依然として小麦粉不足の問題は解決していない」

「ウチらがずっと小麦を作らないと、問題が解決しないってことか？」

「他の農家さんとかどうなっているんでしょうか？」

そうだ、私たちの他にも農家はあるはずだ。その人たちの状況はどうなっているんだろう？

「他の農家でも生産はしている。野菜もそうだし、小麦だって作っている。だけど、こちらの小麦は一年に一度しか収穫できない。去年の収穫量が満足なものじゃなかったから、今こうして小麦粉が不足しているんだ」

「去年の収穫が悪かったからなんだ。だったら、今年の収穫は？」

「収穫までには三か月かかるな。それまではお前たちに小麦の生産を頑張って欲しい」

収穫まであと三か月か、まだ時間はあるね。その間は私たちがしっかりと小麦を作っておかないと。

「でだ、小麦の在庫が少しできたから、明日の一日は野菜を作って欲しい。野菜も不足していてな、店頭に並んでいる野菜は少ない」

作物所の店を見回してみると、空になった箱ばかりでそこに入っている野菜は数えるほどしかない。この村は小麦も不足していれば、野菜も不足している状況だ。

「野菜も不作だったの？」

「野菜の収穫は普通だ。小麦が不作だったから、その分野菜の消費が増えてしまってな。今ではご覧の有様だ」

「小麦がなかったら野菜を食べるしかありませんしね」

「肉、肉があるぞ、肉が！」

不足の連鎖になっていたのか。その理由を知ると、野菜不足の現状に納得がいく。

「一応、完全に無くなる前に他の町から買い付けをするんだが、輸送費が高くてな。頻繁《ひんぱん》には行けないし、ギリギリの状態でやっているんだ。村のことはできるだけ村で完結させたいとは思っているしな」

「村に必要なものは村で作るのが一番良さそうだね。買い付けばかりしてたら、商品が高騰して村人が買えなくなるから」

「あー、確かにそうですね。そうすると、村が廃《すた》れる気がします」

「うーん、良く分からないけど、ここで作ったほうがみんなのためになるのかー」

他の村や町から買い付けするには余計なお金がかかる、ならこの村で作っておいた方がいいね。それに他の村や町に頼っていたら、いざ不作の時に食糧を回してくれない可能性もある。うん、自給率は高ければ高いほどいい。

「野菜の在庫も底をついてきている、だから小麦の在庫がある内に一度野菜を作ってもらいたい」

「私はいいよ。どんな野菜を作ればいいの？」

「作ってもらう野菜は男爵様と相談した上で決めていた。ジャガイモ、人参、カブ、玉ねぎ、キャベツ、かぼちゃ、とうもろこし、トマト、ナスの九種類だ。本当は他にも作ってもらいたい野菜があるんだが、今はこれだけでいい」

「結構な種類があるんだな」

「他にも作ってもらいたいものがあるって言っているから、本当はもっと多くの種類になるんですね」

作る野菜はいっぱいあるけど、多分植物魔法で一発だから問題ない。

「依頼する野菜だから、種の料金は男爵様から頂いている」

「そうなの、やった！」

「これが種が入った袋だ。この袋の中に全部入っている」

コルクさんから大きな袋を受け取った。中を開いて見てみると、袋の中にも沢山の袋が入っている。これを植えればいいんだね。

「じゃあ、明日は野菜を頼むぞ。収穫に必要な道具はこれから渡すな」

「任せて」

「ノアがやってくれるぞ！」

「収穫は任せてください」

小麦作りは一旦置いておいて、明日は野菜作りだ！

◇

翌日、宿屋で食事を取り終えた私たちは石の家まで戻ってきた。

「よし、早速野菜の種を植えよう。今回は一定の間隔を開けながら、種をまいていこう」

「分かったぞ！」

「分かりました」

「それじゃあ、二人ともよろしくね」

それぞれに種が入った袋を渡すと、早速作業開始だ。畑に散っていき、畑の隅から野菜の種をまいていく。土の上に一定の間隔を開けて種をまき、それを続けていく。

種は思ったよりも入っていなくて、一つの袋をまき終わるのに、そんなに時間がかからなかった。次にもう少し間隔を開けて別の種をまく。今度もしっかりと間隔を開けて種をまいた。

そうやって地道に種をまいていくと、全ての種をまき終えた。

「二人ともお疲れー」

「小麦とは違ったから、ちょっと大変だったぞ」

「一定の間隔を開けるのが大変でしたね」

「一定の間隔にしてくれる道具とかあればいいよね」

「そんな道具があるんだったら、使ってみたいぞ」

「ちょっと考えると作れそうな物ですね」

そういう道具なかったかな、どうだったかな。便利な道具は作ったほうが良いと思うけど、材料と手段がないのが痛いな。まぁ、その内にできるようになればいいか。今はこれでやるしかないね。

三人で畑から出ると、植物魔法の出番だ。

「今回はどんな風に野菜が育っていくんでしょうか？」

「どんな風になるか楽しみだぞ」

「育つのは一瞬だから、しっかり見ててね」

畑の前でしゃがみ込み、畑に手を添える。一呼吸して気持ちを落ち着かせると、魔力を解放した。

「植物魔法！」

小麦と同じように植物魔法を発動させる。畑に植物魔法の魔力が満ちると、種が芽吹いてくる。芽はどんどん成長し、形を成して、実をつけていった。畑には一瞬で色とりどりの野菜が生まれる。

「うわー、すげー！　こんなの初めて見た！」

「こっちのほうが見ごたえがありました！　なんていうか、綺麗な畑ですね！」

「うん、なんか凄かった」

自分の目を疑うほどの光景が一瞬でできてしまった。少しだけ呆《ほう》けて見るが、現実は変わらない。

目の前には色とりどりの野菜がしっかりと生まれていた。

「見に行こーぜ！」

「近くで見てみましょう！」

「うん、行こう！」

三人で駆け出すと、生えてきたばかりの野菜を見た。一番近くにあったトマトに近づくと、トマトは真っ赤に熟れておりとても美味しそうだ。

「トマト、食べてみようか」

「美味しいのか？」

「美味しいに決まってます」

恐る恐るトマトをもぎ取ってみる。ずっしりと重く、触り心地もいい。

「食べるよ」

「うん」

「はい」

「せーの！」

大きく口を開けて、トマトにかぶりつく。みずみずしい果肉が口いっぱいに広がって、トマトのうま味を強く感じた。

「んー、美味しい！」

「なんだこれ、美味しいぞ！」

「美味しい！」

二人とも目を見開いてとても驚いている。私も同じ気持ちだ。青臭さのない、少しの甘味を感じる果肉は本当に美味しかった。

「こんな美味しい野菜、食べたことないぞ！　野菜ってこんなに美味しいものなのか⁉」

「うん、うん！　孤児院で食べた野菜はどれも美味しくなかったけど、これが本当の野菜なんですか⁉」

「こんなにみずみずしくて、うま味を感じられる野菜は初めてだよね」

「こんな野菜を作るノアはすごいんだぞ！」

「ノアの魔法は奇跡のような魔法ですね！」

私の植物魔法は凄いな、二人をここまで感動させてくれるなんて。三人であっという間にトマトを食べ終えて、とても満ち足りた気持ちになった。

「他の野菜も食べてみたいぞ」

「そうですね。ねぇ、ノア。少しだけ、私たちの分として残しませんか？」

「うん、そうしよう。肉ばかりで健康にも良くないし、野菜も食べよう」

「やったぁ！」

クレハが飛び上がって喜ぶと、イリスは手を叩いて喜んだ。こんなに喜んでくれるなら、もっと早くに作っておくんだった。

「じゃあ、みんなで収穫しよう！」

「おう！」

「はい！」

楽しい収穫の始まりだ。作物所から借りてきた木箱を持って、トマトのところへ行く。木箱を地面に下ろし、借りてきたハサミを片手に持つと、トマトの収穫を始める。

本来なら畑に刺した木の棒に茎が絡まり、背丈の高いトマトができるはずだが、今回のトマトは植物魔法で一気に育てたから茎が倒れて地面の上に広がってしまっている。

今後のことを考えると、支えを作ったほうがいいかもしれない。そうすると、野菜が見栄え良く成長してくれる。地面に広がったままの野菜はちょっとだけ抵抗があるから、今度は支えを使ってみよう。

地面に広がったトマトを片手で持つと、茎の部分をハサミで切る。これで一つの収穫が完了した。これをずっと繰り返していく。収穫は楽しくて、一つ一つ手に取るととても楽しくなってくる。

手早く収穫していくと、あることに気が付いた。そういえば、種を作らなきゃいけないんだった。だったら、種用の野菜も取っておかないといけない。

私は一度収穫の手を止めると、二人のところに行った。

「二人とも聞いて」

「なんだ？」

「なんですか？」

「次の野菜用に種を作らないといけないんだけど、収穫しないで少し残しておいて欲しいの」

「実から種を取るんですね。分かりました、全部は収穫しないでおきますね」

「この実の中に種があるんだな、分かった！　少し残しておくよー」

「ありがとう、よろしくね」

　これで次の分の野菜が作れる。私は元の位置に戻りトマトの収穫を再開する。

◇

　野菜の半分の収穫を終える頃、昼食の時間になった。私は一旦手を止めて、昼食の準備をする。石の家まで戻り、用意しておいた焚火台に火をつけると鉄板を熱する。

　鉄板が温かくなるまで、次の準備だ。石の台の上で収穫した玉ねぎの上と下を切り、薄皮をはがす。それから輪切りにすれば、完了だ。これを肉と焼けば玉ねぎステーキの完成になる。

　買ってきたオーク肉に塩を振ると、熱くなった鉄板の上に置く。そのオーク肉の周りに輪切りにした玉ねぎを置き、上から塩を振る。あとは火を弱めにして、じっくりと焼けば完成だ。

　焼いている間は収穫の続きをして、途中で鉄板に戻り裏返したりした。そうやって有意義に時間を使っていると、昼食が完成する。

「二人ともー、昼食ができたよー！」

　大声で呼ぶと、二人が返事をしてこちらに向かってきた。その間に焼けたオーク肉と玉ねぎを皿によそい、コップに生活魔法で水を入れてあげれば準備はオッケー。

「はー、お腹空いたー。とってもいい匂いだぞー」

「あら、野菜も焼いたんですね」

「そうだよ、あんなに収穫したんだし少しくらい収入が減っても大丈夫だよね」

「食べるものが増えるのは歓迎するぞ！」

「玉ねぎですか、どんな味がするんですかね」

二人とも石のイスに座り、手を合わせてお辞儀をした。それから皿を手に取って、フォークでオーク肉を刺す。脂が滴っていてとても美味しそうだ。一口サイズに切ってあるから、そのまま口の中に放り込む。

「んー、肉汁がすごいね！」

「美味いぞ、美味いぞ！」

「こってりした味ですね」

隣にいるクレハががつがつとオーク肉を食べれば、イリスと私は一口ずつ味わって食べる。オーク肉は脂が多くてこってりしているから、きっと焼いた玉ねぎがいい箸休めになってくれるに違いない。

「玉ねぎ食べてみようか」

「そうですね」

「いいぞー」

肉を堪能した後、玉ねぎを食べてみる。フォークで刺すと、かなり柔らかくなっているみたいだ。崩れないように慎重に持ち上げて、焼きたての玉ねぎを一噛みした。

すると、玉ねぎの汁が溢れて、野菜の甘味を強く感じた。

「うん、美味しい！」

「ビックリした、玉ねぎってこんなに甘いんですね」

「お菓子みたいに甘いぞ、どうなっているんだ！」

じっくりと焼いた玉ねぎはとても甘くなっていて、とても美味しい。これだったらいくらでも食べられちゃう。肉を食べて、その後に玉ねぎを食べる。こってりとあっさりを無限に繰り返したくなってきた。

「これ、いくらでも食べられますね」

「野菜がこんなに美味しいなんてビックリだぞ！」

「もっと焼けば良かったねー」

二人とも玉ねぎのステーキが気に入ってくれたようで良かった。それから、夢中になってオーク肉と玉ねぎのステーキを食べた。

◇

昼食を食べ終わった後は収穫の続きをした。色とりどりの野菜を収穫するのは楽しくて、三人で収穫した野菜を見せ合いながら作業は続いていく。

「こんなにつやつやなナスがいっぱい取れました！」

「ウチなんてこんなに大きなかぼちゃがゴロンゴロン取れたぞ！」

「私のも見て、こんなに膨れた粒がびっしり詰まったとうもろこし！」

それぞれが持ち寄る野菜はどれも立派なもので、どれも美味しそうに見える。食べるのがもったいないって思うくらいには立派な野菜たちだ。

そうやって収穫をしていくと、最後の収穫になった。

「そういえば、種を作ると言ってましたね。最後の収穫は私たちに任せて、種を作ってください」

「ウチらに任せろ！」

「分かった、ありがとう。私は種を作りにいくね」

二人の言葉に甘えさせてもらい、私は種づくりをすることにした。まず、残しておいたトマトのところへと向かう。地面に広がった茎についたトマト、ここから種を取ろう。

茎を触り、植物魔法を発動させる。すると、実がどんどん熟していき、最後には崩れ落ちてしまった。その崩れ落ちてしまった実の中から種を選別する。

成長した種はしっかりとした形を保っていて、初めにまいた種と遜色《そんしょく》ない感じだ。これなら、次もしっかりと芽吹いてくれるだろう。種は貰っておいた種袋の中に入れた。

そうやって、次々と実を熟させていき種を選別していく。地道な作業だけど、種を取る作業は地味でいて楽しい。子供心をくすぐられるような楽しさだ。

そうやって夢中になって種を取っていくと、全ての種を取り終えた。よし、これで次も種代を払わなくても野菜を作れる！

「こっちは終わったよー。二人とも、どう？」

「こっちも終わってますよ」

「早く、コルクのおじさんに見せに行こうぜ！　きっと驚くぜ！」

「そうだね、こんなに沢山の野菜がとれたんだから」

「それにしても、沢山とれましたねー」

荷車の荷台を見てみると、野菜がぎっちりと詰まった木箱でいっぱいだ。

「これは、運ぶのが大変そうだね」

「みんなで協力して運びましょう」

「ウチの全力見せてやるぜー！」

力持ちのクレハには頑張ってもらって、私たちもそのお手伝いを頑張ろう。やる気十分なクレハが取っ手を掴んでゆっくりと引っ張り始めた。

その時だ、森の中から声みたいなものが聞こえてきた。

「ん、なんだこの声」

「ちょっと見にいきましょうか」

「なんだろうね」

気になった私たちは荷車から離れ、森に近づいた。濁ったような声はどんどん近づいてきているみたい、というか真っすぐこちらに向かっているようだ。

不安そうな顔を見合わせて、少しだけ森から離れた。その時、森から何かが飛び出してくる。

「ギャギャッ！」

「ギャーッ！」

森から見慣れない生き物が現れた。私たちに似た背丈をして、緑色の肌に尖《とが》った耳と大きな鼻。粗末な布服を纏《まと》って、手には棍棒を持っている。

この姿はどこかで見覚えが……そうだ、町の冒険者ギルドで見た資料に載っていた魔物の絵だ。

「そいつらはゴブリン、魔物だよ！」

「えぇ、これが魔物なんですか？」

「剣を取ってくる！」

クレハはそれが魔物だと気が付くと急いで石の家に戻っていった。魔物との戦闘経験があるクレハがいなくなり、私たちは心細くなった。だから、逃げるように少しずつゴブリンから距離を取る。

そんな私たちの心情を悟ってか、ゴブリンたちは私たちの姿を見るとニヤリと笑って少しずつ近づいてくる。まるで、自分たちが恐怖の対象であるということを理解しているみたいだ。

クレハが戻って来るまでの間、私たちはゴブリンと対峙《たいじ》する。醜悪な顔はニタニタと気持ちの悪い笑みを浮かべていて、どうやって痛めつけてやろうかと考えているように見えた。

そのゴブリンの余裕の態度がさらに私たちの恐怖を煽る。今、襲い掛かられたら一方的にやられてしまうんじゃないだろうか？　クレハが戻って来る前に襲い掛かられたら……いつそうなるか分からない緊張で喉がゴクリと鳴る。

今まで魔物がここに現れることはなかった。その魔物が突然現れて、動揺が収まらない。魔物と対峙した恐怖も合わさり、手のひらにじんわりと汗がにじみ出る。

それにしても、これが魔物……今まで町の平原で見たスライムとは比べようがないくらいに怖い。醜悪な姿をしているだけで、こんなに怖いなんて……。

「ノア、大丈夫ですか？　震えていますよ」

「う、うん……魔物がこんなに怖いなんて思ってもみなくて」

「そうですね、私も怖いです。でも、戦わないといけないですよね。そうじゃなきゃ、やられるのは私たちです」

私は怖くて立ち向かう勇気はまだないのに、イリスは違っていた。強いまなざしでゴブリンを睨《にら》んでいる、戦う意志がありありと分かった。

イリスは魔物を見るのが初めてなのに、こんなに勇気があるなんて思わなかった。流石聖女の卵の称号を持つだけはある、怖いものと対峙する心構えが備わっているんだろう。

「ギャギャッ」

「グギャー」

二体のゴブリンが棍棒をちらつかせながら、段々とこちらに近づいてくる。恐怖で震える私を守るようにイリスが前に立ちはだかる。

「大丈夫です。クレハがすぐに戻ってきますから」

「う、うん……ありがとう」

イリスが私を守るように手を広げた。そのお陰で私の恐怖心は少しは和らいだが、前に立つイリスのことが心配だ。もし、今襲い掛かられたら……そう思うと怖くて仕方がない。

「ギギーッ！」

「ギャーッ！」

その時、二体のゴブリンが声を上げて襲い掛かってきた。

「イリス、危ない！」

棍棒を構えて駆け出してくるゴブリン、それに真っ向から挑むイリス。イリスが危ない、けどイリスはその場から動こうとはしなかった。あくまでも、私を守る盾になってくれていた。

私は何もできないまま、近づいてくるゴブリンを見ることしかできない。イリスが危ない、誰か助けて！　心の中で叫んだ時、クレハの声が聞こえた。

「電光石火！」

声が聞こえたと思ったら、クレハは一瞬で私たちの前に現れた。そして、もの凄い速さでゴブリンたちに体当たりをする。すると、ゴブリンたちは飛ばされて地面に叩きつけられた。

「二人とも、無事か⁉」

「クレハ！」

「クレハ、助かりました！」

クレハが戻ってきて、私たちは安心して喜んだ。それにしても、ゴブリンを吹き飛ばしたアレはなんだったんだろう？

「良かったぞ。ゴブリンに襲われるところを見て、体から力が溢れたんだぞ」

「もしかして、友達の危機で勇者の素質が開花したとか？」

「そうなのか？　今までにない感じだったから、めちゃくちゃ驚いたんだぞ。ゴブリンはウチが倒すから二人は下がっていて」

突然、発現したスキルは友達の危機で追い詰められたクレハが底力を発揮して現れたものだろう。勇者の卵……この称号にはそういう力を発揮させる何かがあるんだ。

とすれば、聖女と賢者の卵もそういう素質があるのだろうか？　どういう状況になったら、そういうスキルが生えるのかは分からないけど、お陰で助かった。

「ギギッ……」

「ギーッ」

地面に倒れていたゴブリンが起き上がった。体当たりしてきたクレハを睨んで、標的を私たちじゃなくてクレハに変えた。

「そうだ、ウチにかかってこい！　ウチが相手になってやる！」

「ギギーッ！」

「グギャーッ！」

クレハが挑発をすると、ゴブリンたちは一斉に駆け出してきた。クレハは剣を構えて、ゴブリンたちの相手をする。

「クレハ、頑張ってください！」

「クレハ、頑張れ！」

私たちが応援する中、クレハは素早い動きでゴブリンたちとの距離を詰める。そして、ゴブリンたちが棍棒を振り下ろす前に剣を振るった。

剣はゴブリンたちの体に当たり、深く切りつけられた。その衝撃でゴブリンたちは尻もちをつく。

「隙あり！」

クレハは動きを止めることなく、流れるような動作で剣を構えなおす。尻もちをついた隙だらけのゴブリンの頭に剣を振り下ろした。

「グギャッ！」

切れ味の悪い剣だけど、剣を振り下ろした衝撃でゴブリンの頭がかち割れた。その衝撃で一体のゴブリンを倒すことができた。

「グギャッ！」

残り一体になったゴブリンは慌てて立ち上がり、クレハに向かって棍棒を振り下ろす。ゴブリンの動きを察することができたクレハはその棍棒を剣で受け止めた。

「はぁっ！」

「ギャッ!?」

クレハは棍棒を押し返し、ゴブリンの体に蹴りを入れた。体を蹴られたゴブリンはまた尻もちをつく。そこへ、クレハが再び剣を振り下ろした。

強い衝撃で頭をかち割られたゴブリンは一瞬で絶命し、その場に倒れた。

「やったぞ、ゴブリンを倒したぞ！」

ゴブリンとの戦闘に勝ったクレハが声を上げた。離れて見ていた私たちはすぐにクレハに駆け寄って、抱き着いた。

「凄いです、クレハ！」

「ありがとう、クレハ！」

「おう、やったぜ！」

三人で勝利を喜んだ。みんなが無事で良かった、そう安心した時だ。

「ギャギャー！」

「ギギッ！」

森の中からゴブリンたちが飛び出してきた。数は五体もいる！

「なっ、またゴブリン⁉」

「そんなっ！」

まさか、またゴブリンが現れるなんて！　しかも、今度は数が多い。どうして今日に限ってこんなにゴブリンが現れるんだろう。

ゴブリンたちは私たちの姿を見つけると、ニタニタと気持ちの悪い笑みを浮かべてじりじりと詰め寄ってくる。

「こんな数、どうやって相手をすればいいんだ」

剣を構えるクレハが焦り出す。こんなにゴブリンがいたんじゃ、どれから相手をしていいのか分からないよね。

「クレハ、私も戦います」

その時、イリスが前に出てきた。

「だけど、イリスは武器がないんだぞ」

「武器がなくたって、この手があります。ゴブリンを押さえつけておくので、クレハは確実に一体ずつ倒していってください」

「でも、それだとイリスが危険なんだぞ！」

「危険はみんな同じです。だったら、この状況から脱するためにも行動あるのみだと思います」

イリスが勇気を出してゴブリンと戦うことを決意した。その勇ましさは本人の気質のお陰なのか、それとも聖女の卵という称号がそうさせるのか。以前は町から出るのを嫌がっていたのに、いざという今になって勇気を振り絞っている。

「私もみんなを守りたいです」

強い目をして心強い言葉を口にした。その力強い言葉に私の恐怖が薄らいでいくのが分かる。その言葉にクレハも心を揺さぶられたのか、焦っていた表情が消えて決意した表情に変わっていた。

「イリスがそこまで言うのなら、ウチは死力を尽くしてゴブリンを倒す」

「ノアのことは任せてください」

「分かった。行くぞ！」

クレハは剣を構えるとゴブリンに立ち向かっていった。それに気づいたゴブリンたちも駆け出してくる。三体のゴブリンがクレハのところへ行き、残りの二体はこちらのほうに駆け出してきた。

「クレハがゴブリンを倒すまで、私が相手です！」

イリスは私の前に立ちはだかり、ゴブリンの相手を真っ向からする。手に何も持っていないイリスを見て、ゴブリンたちは余裕そうな笑みを浮かべて近づいてくる。

このままじゃイリスが危ない！　すぐ目の前まで迫ったゴブリンたちを見て気持ちが焦る。そして、ゴブリンたちが棍棒を振りかぶった瞬間だった。

「聖なる壁！」

イリスの言葉で私たちの周りに透明な壁ができた。

ゴン！

ガン！

その透明な壁にゴブリンたちが振り下ろした棍棒がぶつかった。

「ギャ？」

「グギャッ？」

突然目の前に透明な壁ができて、ゴブリンたちは不思議そうにしている。どれだけ叩いても壊れない壁を前にしてゴブリンたちは手を出せずにいた。

「ノア……私にも突然力が湧き上がりました」

「じゃあ、この状況だから称号の力が発揮されたっていうこと？」

「そうかもしれません。でも、これでノアを守れます」

イリスも力を授かったらしい。やはり、危機的状況になると、称号のお陰で何かしらの力が目覚めるみたいだ。

だったら、私も何かに目覚めて欲しい。どうか、お願い、私にも二人を助ける力を頂戴！　心から強く念じると、フッと体に違和感を覚えた。もしかして、これは……私は慌ててステータスを表示した。

【ノア】
年齢：十歳
種族：人間
性別：女性
職業：採取者
称号：賢者の卵
攻撃力：24

防御力：23
素早さ：31
体力：38
知力：62
魔力：70
魔法：生活魔法、火魔法レベル二、水魔法レベル二、風魔法レベル二、地魔法レベル二、氷魔法レベル二、雷魔法レベル二、植物魔法レベル二
スキル：鑑定、思考加速

やった、思考加速っていうスキルが手に入った。どんなスキルかは分からないけれど、使ってみるしかない。

私は思考加速を使った。すると、周りの状況が一変する。透明な壁を何度も叩いているゴブリンの動きが途端に鈍くなったのだ。それはまるでスローモーションのように見える。

離れたところでゴブリンたちと戦っていたクレハの動きも同じく鈍くなっている。こちらもスローモーションみたいな感じになっていた。

周りの動き全てがスローモーションになっている、ということは私自身もスローモーションになる？　そう思って、体を動かそうとするとやけに重かった。どうやら、このスキルを使うとみんなの動きが鈍くなるみたいだ。

あれ、でも私の思考は鈍くなっていない。……そうか、周りの動きが鈍く感じるほどに、私の思考

が速くなっているのか。それで、思考加速……このスキルを使って私にできることは、考えることだ。

この状況を脱するためにはゴブリンを倒さないといけない。いや、倒すんじゃなくて、追い出すことでもいいんじゃないだろうか？

でも、ゴブリンを追い出すためにはクレハの力だけでは無理だ。ゴブリンは今の状況を見て勝てると思って挑んできているから、威嚇《いかく》しただけじゃ逃げ出さないと思う。

何か大きな力があれば……そうだ、私の魔法で追い払えばいいんじゃないかな。私の魔法は対魔物用に鍛えているわけじゃないから、倒すまではできないと思う。でも、驚かせて逃げさせることはできるんじゃないだろうか？

でも、今の状況で魔法は使えない。イリスの魔法の壁に守られている状況もそうだけど、魔物と至近距離で戦っているクレハに魔法が当たっちゃう。魔法は使えるけど精度は良くないから、クレハだけ当たらないように魔法を発動はできない。

クレハが魔物の傍にいなかったら……そうだ、一度クレハをここまで呼び寄せればいいんだ。三人で固まるようにしたところで魔法を発動すれば、精度のない私の魔法でも魔物に当たる！

そうと決まれば、思考加速のスキルを切った。その瞬間から、周りの速度が普通に戻る。こうしてはいられない、クレハを呼び戻さなきゃ。

「クレハ、ゴブリンたちを追い出す手段を考えたから、こっちまで戻ってきて！」

「それは本当か！　今、行く！」

クレハは威嚇のためにゴブリンたちに剣を振るってから、こちらに駆け出してきた。

「イリスはこの聖なる壁の中にクレハを入れて」

「分かりました、やってみます」

ゴブリンよりも速く駆け出してくるクレハは透明な壁の中に飛び込んできた。

「これはなんだ？」

「私の新しい魔法です。これでノアを守っていました」

「そうか、二人とも無事でよかった。ノア、魔物を追い払う手段があるって本当か？」

「うん、まずはゴブリンたちが集まってからだから、ちょっと待ってて」

クレハと戦っていたゴブリンたちがようやく他のゴブリンたちと合流した。そのゴブリンたちは私たちが入っている聖なる壁に向かって何度も棍棒を振り下ろす。でも、聖なる壁はびくともしない。

「いい？　イリスが聖なる壁を解いたら、私が火魔法をゴブリンたちにぶつける。二人は危ないから下がっていて」

「ノアの魔法か。この距離だったら、確実に当てられるな」

「それだったら、ノアの魔法は当たります」

「じゃあ、いくよ」

三人で顔を見合わせて頷く。私はゴブリンたちに向かって手をかざし、魔法をぶつける準備をした。そして、いつでも魔法が発動できるように魔力を高めていく。

「今だよ！」

私が声を上げるとイリスは聖なる壁を解いた。その瞬間、ありったけの力を解放して私は火魔法を発動させた。

ゴオォォォッ‼

巨大な炎が両手から解き放たれ、ゴブリンたちを包み込んだ。

「グギャー！」

「ギギギッ！」

「ギャーッ！」

一瞬で火だるまになったゴブリンたちは地面に転がったり、走り回ったりした。

「やったな！」

「これで形勢逆転ですね！」

「ウチがトドメを刺してくる！」

クレハは剣を構えると、のたうち回っているゴブリンたちに近づいた。火だるまのゴブリンはクレハには気づく様子もなく、その場で暴れまわり、振り下ろされた剣の衝撃で絶命した。

一体のゴブリンを倒すと、今度は違うゴブリンに向けて剣を振り下ろす。グサリと剣が刺されば、ゴブリンは短い悲鳴を上げてパタリと動かなくなった。

ゴブリンたちは火が気になっている間、こちらに攻撃をしようとはしない。それでおおいに助かり、クレハも苦労なくゴブリンを退治できていた。

でも、暴れまわっていたゴブリンの火が消えてしまう。全身に火傷《やけど》をしたゴブリンたちは息も絶え絶えで苦悶《くもん》の表情を浮かべていた。

「どうだ、ノアの魔法は良く効いただろう！　まだやるんだったら、ウチが相手をしてやるぞ！」

ゴブリンたちに向かってクレハは声を上げた。その威勢の良さにゴブリンたちはたじろぎ、じりじりと後退していく。すると、一体のゴブリンが森に向かって駆け出すと、他のゴブリンも森に向かって駆け出した。どうやら、ゴブリンたちは諦めて森に帰っていったらしい。

森の中を走り去るゴブリンの後ろ姿を見て、私たちは生き残った実感がした。そして、三人で顔を見合わせると、誰からともなく同時に三人で抱き合った。

「やった、ゴブリンを退治したぞ！」

「みんなが無事で良かったです！」

「二人とも、ありがとう！」

抱き合ったまま飛び跳ねて、喜びを分かち合った。はじめはどうなることかと思ったけど、二人が勇気を出して立ち向かってくれたお陰で危機を脱することができた。何より、二人が無事でいてくれたことが嬉しい！

「突然ゴブリンが来て驚きました。今まで平気だったのに、一体どういうことでしょうか？」

「冒険者のおじさんたちに聞けば何か分かるか？」

「そうだ、このことは知らせておいた方がいいんじゃないかな？　ここまで魔物が来るのは珍しいことだし、情報を共有しておこう」

そうだよ、ゴブリンがここまで来たのにはきっと理由があるはずだ。早く村の人たちに教えておかないと、同じことが起こった時に村が襲われることにもなりかねない。

「とにかく、野菜を持って作物所に行こう」

「コルクさんならどうすればいいか分かってそうですね」

「よし、荷車を引いて行くぞ」

私たちはすぐに移動を開始した。収穫した野菜を積んだ荷車を引いて、作物所へと急いだ。

◇

作物所へ到着すると、お店の中に入りコルクさんを呼んだ。しばらくすると、コルクさんは店の奥から現れた。

「よぉ、お前ら。野菜、できたか？」

「うん、野菜はできたよ。荷車に乗せて持ってきた。でも、その前に聞いて欲しい話があるの」

「ん？　どうした？」

「実は私たちのところにゴブリンが現れたの」

「何⁉　襲われたのか⁉」

「うん、だけどなんとか三人で撃退したの」

「そうか、無事で良かった。ノアたちがいる場所は魔物がいる森から離れていると思う。だから本来なら魔物は現れないはずだ、森で異変がない限り」

話を聞いたコルクさんは心底私たちのことを心配してくれた。そして、私たちがいる場所までは本来なら魔物が現れないことも教えてくれた。

「ということは、森で異変があったっていうこと？」

「そうかもしれないな。ちょっと、俺は冒険者ギルドに行って話を聞いてくる。お前らは宿屋で待っていろ。ちゃんと、宿屋の人にも事情を話すんだぞ」

「分かった」

そう言うとコルクさんは走ってお店を出ていった。私たちもコルクさんに倣い、お店を出て宿屋に向かった。

宿屋に到着すると、扉を開けて建物の中に入り、食堂に入った。

「いらっしゃい、今日もお疲れ様」

すると、すぐにミレお姉さんが近づいてきてくれた。

「席に座る前にミレお姉さんに伝えることがあるの」

「どうしたの？」

「私たちがいる場所にゴブリンが現れたの」

「えっ、それは本当⁉」

「「何っ⁉」」

ゴブリンが現れたことを伝えるとミレお姉さんだけじゃなくて、他の冒険者たちも驚いて声を上げた。

「それで、ゴブリンはどうしたの？」

「四体は倒して、三体は森の中に逃げていったよ」

「そんな、三人で戦ったっていうこと？　大丈夫だったの？」

「なんとか協力してゴブリンを退治することができたんだぞ！」

「はい、なんとか無事に退治できました」

「そう……無事で何よりだったわ」

話を聞いたミレお姉さんはホッとした表情をして、私たちを抱きしめた。他人のぬくもりを感じると、とてもホッとして自然と笑顔になる。

すると、話を聞いていた冒険者たちが話に入ってくる。

「森の中で見つかったゴブリンの集落を襲撃したらしいんだ。もしかしたら、そこから漏れ出たゴブリンかもしれない」

「多分、住処を追われて遠いところまで行ってしまったんだろう。数が多くて全てを討伐できなかったと言っていた」

どうやら今日、ゴブリン集落への襲撃をやったらしい。そこで打ち漏らしたゴブリンがあそこまで逃げてきたみたいだ。なるほど、だからいつも現れないゴブリンが現れたのか。

「まさか、打ち漏らしたゴブリンがそこまで行くとはな……これは冒険者ギルドと相談して、周辺のゴブリンを一掃したほうがいいかもしれない」

「あぁ、村の中に入ってしまったら大変だ。明日は村周辺の捜索になるだろうな」

冒険者たちは相談しあい、明日の予定などを考えていた。その話を聞いていた私たちだったけど、突然クレハのお腹の虫が鳴いた。緊張が解けたからだろうか、一気に脱力する。

「ふふっ、とりあえずは腹ごしらえね。席に座って、今食事を出すわ」

「ありがとう」

ミレお姉さんがお店の奥に引っ込むと、私たちは空いている席に着いた。座るとドッと疲れが体を襲い、体が重くなった。どうやら、ここに来て安心感が強くなったから緊張が解けたらしい。二人とも同じなのか、重いため息を吐いた。

「なんとか落ち着けましたね」

「なんか、いきなり体が重くなったぞ」

「緊張が解けたせいだろうね。とにかく、みんなが無事で良かったよ」

三人で席に座って気を緩めていると、ミレお姉さんが食事を手に戻ってきた。

「ここに来て安心しちゃったのね。でも、お腹は減るでしょ？　いっぱい食べて元気になってね」

「さぁ、食べるぞー！」

「いただきます」

「ミレお姉さん、ありがとう」

配膳が済むと、速攻でクレハが食べ始めた。私とイリスもそれに続くように食事をとり始める。一口、二口口にするだけで安心感が膨らんでいく。本当に無事で良かった、食べながら今ここにいることを喜ぶ。

食事を続けていくと、食堂の扉が開いた。振り向くと、そこには冒険者ギルドに行っていたコルクさんがいた。

「三人とも食事中だったか。良かった、食事をとれるくらいには元気なんだな」

「ここにきてから、気が抜けてドッと疲れたけどね」

「そうか、やはり怖かったんだな。それで冒険者ギルドから話を聞いてきたんだが」

そう言ってコルクさんが説明してくれたのは、冒険者たちが言っていたことと同じだった。ゴブリンの集落を襲撃したが、数が多すぎて打ち漏らしたゴブリンがいたこと。

「それで、明日は大規模な捜索をすることになった。また村が襲われたら大変だからな。そこでだ、魔物が現れたところに住んでいるお前らは一晩この宿屋に泊まって欲しい。流石に襲われた日の夜に元の場所で寝かせるのは心苦しい」

そうだよね、もしかしたらゴブリンがまた来るかもしれない。そう思うと、恐怖が蘇《よみがえ》ってきて体が震えた。そんな私に気づいてか、イリスが優しく手を握ってくれた。お陰で恐怖は薄らいでいく。

「冒険者ギルドの責任だからな、宿泊代は貰ってある。だから三人とも、今日は宿屋に泊まっていってはくれないか？」

「分かった。それに、このまま石の家に帰るのも不安だったんだ」

「そうか、良かった。今日は安心して眠れそうだ。じゃあ、俺は戻る。そして、明日になったら今日納品された野菜の売り上げを渡すな」

「明日、作物所に寄ることにするよ」

コルクさんはそれだけを言うと、食堂を出ていった。そして、その代わりにミレお姉さんが近づいてくる。

「今日はうちに泊まることになったのね。その方が安心するわ。ぜひ、うちでくつろいでいってね」

「お世話になります」

今夜は、宿屋でお世話になろう。

◇

食事が終わった私たちは貰ったお金で宿泊代を支払うと、部屋に通された。

「うわー、ベッドだぞ！　ベッドがあるぞ！」

「やりましたね、今日はベッドで寝られます！」

「疲れた体にはベッドが一番いいね。あ、ベッドに上がる前に洗浄魔法かけるからちょっと待って」

今にもベッドに飛び込みそうな二人を呼び止めて、目の前に並ばせる。それから洗浄魔法をかけて服を綺麗にすると、二人はようやくベッドに飛び込むことができた。

「わーい、フカフカだー！」

「ふふっ、とっても気持ちいいです」

「私も、それ！　……うーん、気持ちがいい」

三人それぞれのベッドでゴロゴロと転がる。綺麗でフワフワしたベッドはとても心地よく、このますぐに寝入ることができそうだった。

「良かったね、宿屋に泊まれて」

「はい、気持ちよく安心して眠れます」

「今日は大変な一日だったもんな」

「そうだね、野菜の収穫も大変だったけど、ゴブリンの襲撃が一番こたえたね」

体を起こして今日のことを振り返る。野菜の収穫が大変だったこと、突然ゴブリンが現れて驚いたこと、なんとかゴブリンを撃退したこと。称号の力のお陰なのか、危機的状況でスキルが生えてきたこと。

「突然、スキルが現れて良かったね。あれがなかったら、どうなっていたか分からなかったよ」

「そうだな。ウチはみんなが危ない、助けなきゃ！　って強く思ったら、なんか分からないけど、突然できるようになったんだ」

「私もです。守りたいっていう強い気持ちが生まれた時、私の中で新しい力が生まれたのを感じました」

「私も同じようなものだよ。この状況をどうにかしたい、って強く念じたらスキルが生まれた。やっぱり、それぞれの称号の力のお陰で助かったのかな？」

普通の人なら危機的状況に陥っただけではスキルや魔法は生まれない。だけど、称号という他の要素があったから、新しい力が生まれてきたんだと思う。この称号はただの名前だけの存在じゃなくて、もしかして私たちに力を与えてくれるものなんじゃないかって思えてきた。

「今まで孤児院で暮らしてきて、あんなこと一度もなかったな」

「孤児院では危機的状況なんてありませんでしたからね。でも、魔物と戦って今までにない状況に置かれたから力が発現したのでしょうか？」

「そうだと思う。きっと、私たちの称号には何か特別な力が備わっているんだよ」

特別な力が備わっているなら、本来それをどのように活用するものなのかは分かる。主に戦闘で活用できるスキルや魔法なだけに、今後その関係で厄介ごとが増えなければいいのだけれど。平穏無事に暮らしたいのに、そういうのに巻き込まれるのはまっぴらごめんだ。

どうか、この三人で幸せに暮らしていけますように。私はそう強く願った。

「でも、みんなが力に目覚めて良かったです。お陰でゴブリンは追い出せましたし、私たちも無事で……あっ」

その時、イリスの目から涙が零れた。私たちはその涙に驚き、イリスに駆け寄る。

「イリス、大丈夫か!?　どこか痛むところがあるのか!?」

「どこ、どこが痛いの?」

「あ、いえ、その……どこかが痛いんじゃ、なくてですね」

ポロポロと涙を流すイリス。笑っていた顔が次第に曇り、辛そうに顔を歪ませた。

「ただ、本当に良かったなって思って。ゴブリンが現れて怖かったけど、ノアのこと守らなきゃって思ったら力が湧いてきて、それで……」

「ゴブリンは怖かったな、ウチも怖かったぞ」

「私も怖くて、イリスに守られっぱなしだった」

「うん、うん。怖くてどうしようかと思ったけど、みんなで力を合わせて退治できて本当に良かったなって思ったんです。みんなが無事で良かったー」

わーっとイリスが泣き始めた。ここにきて安心したせいか、ようやく緊張が緩んだみたいだ。

素直な気持ちを吐き出したイリスを見て、今度はクレハが顔を歪ませる。

「ウチも、二人を守らなきゃって思って……二人が襲われたところを見て、やられる!　と思ったら怖くなったんだぞ。でも、でも……なんとか倒せて、みんなが無事で、本当に良かったぞー」

クレハも耐えきれなくなって泣き始めた。クレハもゴブリンと戦うのは初めてで怖かっただろうし、その怖い対象が私たちを襲っているのも怖かった。それでも、クレハは私たちを守ってくれたし、ゴブリンを倒してくれた。

色んな気持ちが混じってクレハも泣いた。でも、二人が共通して思っていることは、みんな無事で良かったということ。それは私も一番感じていて、その二人の思いを知った私も熱いものがこみ上げ

てきた。前世は大人だったのに、二人の思いに引っ張られる。

「私……私は何もできなかった、怖くて動けなくて……二人に守られてばっかりだった。悔しかったけど、でも……最後にみんなを守れて本当に良かった。無事で本当に良かったっ」

私の目から涙が零れる。恐怖に負けて動けなかったことが本当に悔しかった。守られてばかりの自分が情けなくて仕方がない。でも、なんとかゴブリンを倒すきっかけを作れたことが本当に良かった。

そして、何よりも……二人が無事でいたことが何よりも嬉しかった。

一緒に泣くと、知らず知らずの内に三人で抱きしめ合っていた。恐怖と安心でわんわん泣いて、抱きしめたぬくもりでお互いの無事を確かめ合う。そのぬくもりは温かくて優しくて、傷めた心を癒してくれる。

その夜は気持ちを吐露して、沢山泣いて、無事を確かめ合った。危険なことはあったけど、そのお陰なのか三人の絆が深まったような気がした。それと同時にこんな思いは二度とさせない、そう強く思うようになる。

◇

翌朝、気持ちのいいベッドの上で起きると、昨日の疲労が嘘のようになくなっていた。ベッドで寝るだけでこんなに元気になるなんて……私たちも早く家でベッドで寝られたらいいんだけどな。

ベッドの上でしばらくボーッとしていると、イリスが体を起こした。

「おはよう、イリス」

「おはようございます、ノア」

「クレハー、朝だよー」

「うーん、うーん」

声で起こそうとするが、クレハは中々起きない。仕方なくベッドから降りると、クレハの体を揺すった。

「もう朝だよ。朝食の時間だよ」

「んっ……朝食」

食べ物の話をすると、むくりとクレハが体を起こしてきた。顔はまだ眠そうにしているが、起きる意思はありそうだ。頬をペチペチと軽く叩くと、段々とクレハの目が開いていく。

「もうなんだよ、やめろよー」

「起きるなら、よし」

「気持ちのいいベッドですから、もう少し寝たい気持ちも分かります」

「そうなんだよな。もっと寝たいけど、朝食も食べたいし……でも寝たいしで、どっちにしようか究極の選択だぞ」

「まだ、ベッドの上でゴロゴロしたいね」

二人は孤児院以来のベッドだけど、私は両親がいた頃まで戻るから数年ぶりのベッドだ。みんなベッドでゴロゴロしたい気持ちはあるみたいだ。でも、そろそろ朝食の時間なんだよね。

「それじゃあ、食堂に行こうか」

「お腹が減ったんだぞー」

「行きましょう」

三人で部屋を出ると、そのまま廊下を進んで受付のあるホールに出る。そこから食堂の扉を開けば、美味しそうな匂いが漂ってきた。

いつもとはちょっと違う匂いにクレハがいち早く気づく。

「くんくん、今日はちょっと違う匂いが混じっているぞ」

「そうですね、この匂いは一体……」

周囲を見回していると、上機嫌な冒険者たちが朝食にがっついていた。その食事を見てみると、そこには昨日までなかった野菜が沢山乗っていた。

皿には薄く切られた燻製肉が乗っており、その横に野菜がある。マッシュポテトに小さく刻まれた人参ととうもろこしが練りこまれたものと、くし切りにされたトマトも乗っていた。彩り豊かな朝のプレートだ。

「三人ともおはよう。よく眠れた？」

そこへ、ミレお姉さんがやってきた。

「おう！　ベッドはとっても気持ちよかったんだぜ！」

「安心してぐっすり眠れましたよ」

「うん、気持ちよく寝られたね。ところでミレお姉さん、今日の食事に野菜がいっぱい乗っているみたいだけど、どうしたの？」

「昨日、あなたたちが作ってくれた野菜を使ったのよ」

「もう野菜が出回っているの？」

収穫した野菜がもう売られていることに驚いた。

「あの後コルクさんが宿屋に戻ってきて教えてくれたの。だから、すぐに買い取ってやったわ」

「へー、そうなんだ。コルクさんもあちこち行ったりして大変だったのに」

「折角ノアちゃんたちが収穫してくれた野菜だから、すぐに食べて欲しかったんじゃないかしら。それに、冒険者たちにもしっかりと食べさせて、仕事をさせたかったとかね」

ミレお姉さんの視線を追ってみると、美味しそうに食べ進める冒険者たちの姿があった。冒険者たちもその話を聞いて、話しかけてくる。

「おう、お陰で今日はどんなキツイ仕事も楽々こなせそうだぜ！」

「今日は昨日のゴブリン残党の駆除だ。しっかり気合入れて挑むからな、ノアちゃんたちは安全なところにいな」

「もう二度とノアちゃんたちが住む場所になんか行かせやしねぇ。今日で残党は駆逐するから、期待して待っててくれよな」

「ということよ。肉、パン、野菜を食べた冒険者たちはやる気満々よ。これで、ノアちゃんたちは安心して暮らせるようになるわ」

みんな私たちのことを気遣ってくれたのか、不安がなくなるように話してくれた。これだけやる気に満ち溢れた冒険者たちの姿を見て、心の中にあった不安が消えていくようだ。この冒険者たちに任せれば大丈夫だよね。

「ゴブリンのこと、よろしくお願いします」

「私からもよろしくお願いします」

「お願いだ、残党を駆逐してくれ」

三人で頭を下げて冒険者たちにゴブリンのことを託した。すると、冒険者たちから「任せておけ！」「駆逐してやる！」「この子らの笑顔のために」などという声が沢山上がった。

ミレお姉さんが私の肩に手を置いて自信満々に言う。

「ここの冒険者たちに任せなさい。絶対にゴブリンを駆逐してくれるに違いないわ。ノアちゃんたちは安心して待っていてね」

心強い言葉を貰った。思わず三人で顔を見合わせると、嬉しくて笑い合ってしまった。

「よっしゃ、行くぞお前ら！」

「おうよ、ゴブリンの駆逐だ！」

「少女たちの笑顔は俺たちが守る！」

突然冒険者たちは声を上げて、気合を入れて食堂を出ていってしまった。あの気合の入りよう、ものすごかった。これは期待して待ってても良いってことだよね。

「行ったわね。あ、朝食食べるわよね。席に座ってて、今すぐ持ってくるから」

ポンと肩を叩かれ、ミレお姉さんは食堂の奥へと引っ込んだ。私たちは空いた席に座り食事を待った。しばらくすると、ミレお姉さんが朝食を持って戻ってきた。

「はい、お待たせ。当宿屋自慢の朝食プレートよ」

私たちの目の前に彩り豊かな朝食プレートが置かれた。自分たちで作った野菜はどんな味がするんだろう、期待に胸を膨らませて食べ始めた。

マッシュポテトをフォークですくって食べてみる、ねっとりとした感触に芋の味と何やらコクのある味が混ざっている。それに甘い人参ととうもろこしが混ざり、美味しいハーモニーが流れた。

「このマッシュポテト、美味しいです」

「うまい、うまい！」

「これ、本当に美味しいよ」

「そうでしょ？　私たちの料理の腕と、ノアちゃんたちが作ってくれた野菜の力のお陰よ。どんどん食べて」

私たちが作った野菜をこんなに美味しく仕上げてくれるなんて、嬉しい！　私たちは新鮮な野菜をパクパク食べて、美味しい朝食を堪能した。

その後、私たちはゴブリンの討伐が終わるまで宿屋に居させてもらうことになった。ゴブリンの討伐は冒険者たちが頑張ってくれたお陰で、かなりの数を討伐することができたみたい。周辺にゴブリンの影すら見えないほどに狩りつくされたみたいだ。

お陰で私たちは安心して石の家に帰ることができた。普通のベッドで寝られなくなるのはちょっと残念だったけど、でも、藁のベッドもフワフワ加減は悪くない。その日の夜は三人で固まって寝た。ベッドだと離れて寝ないといけないから、それがちょっと寂しかったかな？

第四章　これからの私たち

「今日も小麦が沢山とれたね」

ゴブリン騒動から三日経った今、いつも通りに小麦を作っていた。荷車の中には小麦がぎっしり詰まった袋が積み重なっていて、荷車が動くたびにざらざらと小麦の実が動く音がする。

「新しい野菜はいつ作るんでしょうかね」

「とりあえず、小麦の在庫ができるまでじゃない？」

「この間言っていた在庫は無くなったのか？」

「多分、数日分くらいの在庫はあったんだと思う。だから、野菜を作るのが一日だけだったんだよ」

「小麦粉はみんなが食べるものですからね、沢山必要です」

この村にいる人数は百を超えるし、それに冒険者の人数を加えると二百人くらいにはなると思う。その人たちの主食を賄おうと思ったらかなりの量を用意しないといけない。

「毎日消費する量としては野菜よりも小麦粉のほうが多いんだろうね」

「野菜も結構消費しているように思えますが、そうなんですね」

「難しい話は分からないぞ」

「ふふっ、そんなに難しい話じゃないですよ」

「まぁ、そのことはコルクさんが考えて調整してくれるし、私たちはコルクさんの指示通りに作物を作っていけばいいよね」

難しいことはきっとコルクさんが調整してくれるだろう。そんな話をしていると、二人が顔を見合わせて頷いた。どうしたんだろう？

「あのな、ノア」

「私たち、そろそろ自分の仕事をしようかなって思ってます」

真剣な顔をして告白してきた。

「ノアの仕事をずっと手伝うことも考えました。だけど、それじゃあ称号のレベルアップもできないですよね。ノアの話だと私たちの称号とノアの称号が連動しているって言ってましたよね」

「ノアの魔法はとても便利で、とてもいいものだぞ。自分たちの生活をもっと良くしたいと考えたら、ノアの魔法は必要だと思った。だから、ウチらも外に出て称号をレベルアップすればノアの称号もレベルアップするぞ」

「ノアの称号がレベルアップすれば、新しい魔法を覚えられるんですよね？　だったら、私たちが頑張って自分の称号をレベルアップさせて、ノアの称号もレベルアップさせたほうがいいと思います」

私たちの称号にレベルが存在することが分かった。それは私の鑑定レベルが五になった時に、もう一度みんなを鑑定して気づいたことだ。称号のレベルが五段階上げられるらしい。

今、みんなの称号レベルは一だ。町にいた時は称号の経験値を貯められたから良かったが、今はみんなで畑仕事しかしていない。ということは、称号のレベルを上げる経験値を貯めていないということになる。

経験値を積むにはそれぞれ条件がある。勇者の卵を持つクレハは魔物を倒したり、困った人を助けると経験値を貯めることができる。イリスは回復魔法などの聖魔法を使うと経験値を貯めることができる。勇者や聖女っぽいことをすると経験値が貯められるらしい。

私の称号はというと勇者と聖女を育てたことで賢者の卵が生えてきた。鑑定してみると私の称号は特殊なようで、勇者と聖女の称号のレベルが上がると、自動的にレベルが上がることになっているらしい。

ということは、私の称号のレベルアップは二人にかかっている。私が新しい魔法を覚えるためには二人の称号のレベルを上げなければいけないのだ。まぁ、称号がレベルアップしたら魔法を覚えるのかは完全に憶測でしかないのだけれど。

「ということは、クレハは魔物討伐をしてイリスは村の怪我人を癒す仕事をするの？」

「いいえ、違います。考えたんですけれど、村にそんなに人がいないので回復魔法で経験値を稼ぐことはできないと思うんですよ。だから、私もクレハと一緒に魔物討伐をして聖魔法を使って経験値を貯めます」

イリスがクレハと一緒に魔物討伐に？　先日、あんな目にあったのに、どういった心境の変化だろう。

「イリスはそれでいいの？　私の称号のレベルアップのために危険なことをするんだよ」

「ちょっと怖いですけれど、もう決めましたから大丈夫です。今日まで生活してみて、良い生活をするにはノアの魔法が必要不可欠だと思いました。だからこれはノアのためでもあるし、私たちのためでもあります」

「こういう時のイリスは頑固だから、拒否しても無駄だぞー」

何を言っても無駄ってことか。ここはイリスを信じて、快く送り出すのがいいのかもしれない。

「分かった。イリスはクレハと一緒に魔物討伐に行って」

「ありがとうございます！」

「良かったな、イリス」

「そうと決まれば、冒険者ギルドに行ってイリスの登録を済ませないとね」

「早速この後行きませんか？」

「いいね、行こうか」

小麦を納品した後に冒険者ギルドに寄ることになった。私たちは足早に作物所へと向かっていく。

◇

作物所で小麦を納品して、荷車を宿屋の前に置くと、私たちは冒険者ギルドに向かった。こんな小さな村にも冒険者ギルドがあるのは、きっと開拓村だからだと思う。開拓には魔物討伐が必須だからね。

石と木でできた立派な建物の中に入ると、カウンターが置かれてあり、そこには受付のお姉さんが一人座っている。

「こんにちは」

「あら、可愛い子。こんにちは、ここは冒険者ギルドだけど何か用？」

「この子の登録をしに来たの」

「魔物討伐が主な仕事だけど、その子にできるの？」

「やります！」

色気のあるお姉さんが心配そうにイリスを見たが、イリスはやる気だ。

「やる気十分なのね。だったら、余計なことは言わないでおくわね。ここでは冒険者は一人でも多ければ多いほどいいから、私たちは歓迎するわ。じゃあ、これが登録用紙ね。ここに必要事項を記入してね」

「はい」

お姉さんが一枚の紙を差し出すと、イリスはそこに記入していく。

「それにしても見慣れない子たちね、どこから来たの？」

「ここから遠い町から開拓村に送られました」

「なんだか左遷みたいな感じね、私と同じ」

ふふっ、と笑うお姉さん。お姉さんは左遷されてここにきたのかな？

「はい、書きました」

「ありがとう。今手続きするからちょっと待っててね」

お姉さんは平べったいボードを操作して、何かをしているみたいだ。あれはなんだろう、タブレットみたいなものだけど。

「ねぇねぇ、それは何？」

「これ？　冒険者の情報がいっぱい入っている水晶よ。不思議なものでね、この情報は色んなところで見られるの」

やっぱり、タブレットみたいなものだ。ネットみたいなものと繋がっているんだろうか？　なんだか不思議だな。

「はい、登録したわ。次にギルドカードの発行ね、この板に血を一滴垂らしてね」

お姉さんは一枚のカードと針を差し出してきた。イリスはそれを受け取り、指先に針先を刺すと血を一滴ギルドカードに垂らす。すると、ギルドカードが一瞬光って表面にイリスの情報が浮かび上がった。

「不思議なカードですね」

「ウチも最初は驚いたぞ」

「どんな構造になっているんだろう？」

「気になるのは分かるわ。でも、なんだか難しい話になるから気にしないほうがいいわ」

こういうのは不思議な力が働いているんだろう、気にするだけ無駄かな？

「これで登録が完了したわ。これで今日から冒険者として活動できるけど、もう今日は遅いから明日からにしたらいいわね」

「はい、ありがとうございます」

冒険者活動か……そうだ、素材の買い取りとかもやっているんだろうか？

「あの、採取した素材の買い取りもやっているの？」

「あぁ、薬草とかそういった類の素材ね、その買い取りはやっているわ。ここには商業ギルドがないから、その役目も担っているわね。でも、素材を売るんだったらいい場所があるわ」

「いい場所？」

「そう、錬金術師の店」

えっ、錬金術師？　ってあれだよね、ポーション作ったり色んな便利道具を作ったりしている人。

「どういうわけか、この開拓村に錬金術師を誘致することができたみたい。だから、錬金術に使う素材が見つかったら、そっちに持っていくといいわ」

「そうなんだ、教えてくれてありがとう」

「いいのよ。そっちに持っていってくれたほうが、仕事が少なくて済むからね」

なんという大胆なサボり宣言。でも、これで素材の買い取りをしてもらえる場所も聞けたな。畑作業が落ち着いたら、素材を集めて収入を得るのもよさそうだ。

私たちはお姉さんに別れを告げて、冒険者ギルドを出ていった。

◇

冒険者ギルドを出た私たちは宿屋の食堂にいた。食事を取りながら、今後の相談をしていく。

「イリスはどうやって魔物を倒そうと思っているの？」

「聖魔法に攻撃魔法があるみたいなんです、だからそれで倒そうと思います」

「イリスは魔法使いかー」

聖魔法の攻撃魔法か。どんな攻撃があるんだろう？

「ちなみにどんな攻撃があるの？」

「ホリーアローっていう矢で攻撃する魔法があります」

「じゃあ、中距離から遠距離攻撃ができるってわけだ。近距離のクレハとは役割が違うから、良いんじゃないかな」

「ウチは近くにいかないと攻撃が当たらないからな」

近距離のクレハと中距離以上のイリスか……うん、良い感じだと思う。それにイリスは回復役だから、後方にいたほうがいいだろう。

「イリスのことはウチが守ってやるから、心配しなくてもいいぞ！」

「なら、私はクレハの傷を癒してあげますね」

「良いコンビになりそうだね」

「二人で有名なコンビになるぞ！」

「えー、そういうのはちょっと」

「なんだとー」

「ふふっ」

勇者と聖女か、良いコンビになりそうだ。私も一緒に行ければいいんだけど、私にはやることがあるし、無理そうだな。その内、何かのきっかけで行けるといいね。

「そうだ、私たちがいなくなると畑仕事は大変になるんじゃないですか？」

「そのことを忘れていたぞ！　ノアは平気か？」

「うーん、そうだね。二人がいなくなるのは大変だけど、その分収穫量を減らせば大丈夫だとは思うよ」

「でも、それだと男爵様が言っていた食糧問題の解決ができないのではないでしょうか？」

「収穫が減ると食べるものが減る……これは大変なことだぞ！」

収穫が減るのは大変なことだ、男爵様もコルクさんも残念がるだろう。でも、これぱかりはどうしようもない。作物を作るのも収穫するのも私しかいないんだしね。

「どうすればいいんでしょうね」

「うーん、ウチらがもう一人ずついれば」

「そんなの無理ですよ」

そうだなぁ、収穫する手が増えればいいんだし、誰かの協力を得たほうがいいのかもしれない。

「村の中で収穫を手伝ってくれる人を募集すればいいんだけど、手伝ってくれる人がいるかな？」

「その手がありましたね。早速募集をしてみましょうよ」

「どうやって募集するんだ？　一人ずつ聞いて回るのか？」

募集か……張り紙をして、っていっても材料はないし。やっぱり口頭で伝えて募集をしたほうがいい。でも、どうやってやればいいんだろう？

「大声で村の中を歩くとかもあるぞ」

「大声で……なんだかそれは恥ずかしいですね」

「じゃあ、一軒一軒回って聞いてみるか？」

「怪しい人だと思われませんかね」

確かにそれしか手段はないけれど、他に何か手段はないかな。うーん、と三人で悩んでみる。

「あら、難しい顔をしてどうしたの？」

「あ、ミレお姉さん」

「ウチら魔物討伐をすることになったんだけど、畑仕事がノアしかできなくなるんだ」

「私たちの代わりに畑の手伝いを募集しようと思ったんですが、どうしたらいいか分からなくて」

「まぁ、それは大変ね」

ミレお姉さんは驚いた顔をして、一緒に考えてくれる。

「この村は食糧不足になっているから、畑仕事はとても重要だと思うわ」

「そうなんだよね。でも、私たちも自分たちの生活のために魔物討伐は必要だから、問題解決が難しくて」

「そうね……そうだわ！　男爵様に相談してみたらどうかしら？」

男爵様に相談？　そんな相談しても大丈夫なのかな？

「私たちみたいな人が相談しても大丈夫なの？」

「もちろん、大丈夫よ。男爵様は気さくな方だから、村のためなら一肌脱いでくれると思うわ。それは、ノアちゃんだって分かっているでしょ？　この村に来た時は厳しい人みたいだった？」

「ううん、気さくな方で一緒に食事をしてくれたよ」

「でしょ？　なら、相談事だって受けてくれるわよ。大丈夫よ、もしダメでも相談したくらいじゃ怒られないから」

ミレお姉さんがそんなに言うんなら、男爵様に相談してみようかな。厳しい感じはなかったし、きっと大丈夫だよね。

「男爵様に相談してみます」

「うん、その方がいいわ。作物がとれなくなったら本当に大変なことになると思うから、きっと力になってくれるわ」

ちょっと不安だけど、悪いようにはならないだろう。明日、屋敷に行ってみよう。

◇

翌朝、宿屋で朝食を食べた後に男爵様の屋敷に行った。久しぶりに来た屋敷、一度来たはずなのに傍にいるだけで圧倒された。この村で一番大きな建物なので、入るのを躊躇《ためら》ってしまう。

「行きましょう、ノア」

「行くぞ、ノア」

「う、うん」

二人の先導でようやく足が動く。門番の居ない門を通り過ぎ、庭を抜けて屋敷の前に辿り着く。屋敷の出入口の横の大きな鐘に長い紐がぶら下がっている。これを鳴らせばいいんだろうか？

紐を引っ張って鐘を鳴らす。ガランガラン、と大きな音が木霊《こだま》した。

「これで誰か来るかな」

「来なかったらまた鳴らそう。次はウチが鳴らすぞ」

「クレハは思いっきりやりそうだから、嫌です」

しばらく待っていると、扉がゆっくりと開いた。中からはあの時見た執事のおじさんが出てきた。

「おや、あなたたちは。今日は何か御用ですか？」

「男爵様に畑のことについて相談があるんです。もしよかったら、お話しさせてください」

「なるほど、畑のことですね。少々お待ちください、今聞いて参ります」

そう言った執事は一度扉を閉めて、男爵様に聞きにいった。

「良かったな、話を聞いてもらえそうだぞ」

「まだ、分かりませんよ。もしかしたら、ダメかもしれません」

「できれば、話を聞いてもらいたいなぁ」

三人で喋りながら待つ。十分過ぎた頃だろうか、扉が開いて執事のおじさんが現れた。

「お待たせしました。旦那様がお話を聞くそうです、食堂にお越しください」

「ありがとうございます」

執事のおじさんに連れられて、私たちは屋敷の中に入っていった。ホールを抜けて廊下を進むと、両扉の部屋の前に来る。その扉を執事のおじさんがノックした。

「旦那様、客人を連れてきました」

「よし、入れ」

声が聞こえて扉を開けると、大きなテーブルに向かって男爵様が座っていた。

「丁度食事が終わったところだ、そこのイスにかけてくれ」

男爵様に促されて正面の席に座った。

「さて、畑に関して相談があるということだな。お前たちが畑仕事を頑張ってくれているお陰で、食糧難のこの村は救われた、まず礼を言おう」

「いえ、そんな」

「畑でとれる作物のお陰で、俺も少しは潤っている。今は他の畑でとれる野菜は決まっているからな、それ以外の野菜がとれるのは本当にありがたいことだ」

会って早々お礼を言われるとは思わなかった。恐縮していると、男爵様はそれが分かっているようで苦笑いをする。

「緊張しなくてもいい、楽にしてくれ」

「ありがとうございます」

「さて、そんな大事な畑の相談事だ、とりあえず話を聞こうじゃないか」

どっしりと構えた男爵様を前にした私たちは決意して口を開く。

「今、畑仕事は三人で行っています。ですが、それだけじゃ自分たちの生活が豊かにならないので、ここにいるクレハとイリスは魔物討伐に行こうと考えています」

「二人が魔物討伐を？　子供のお前たちが、危ない魔物討伐をするとは感心しないな」

「でも、魔物討伐も必要なことですよね？」

「確かにそうだが。そちらも人手が足りないのは事実だ。そちらもやってくれるのは嬉しいが、無理はしていないよな」

「はい、前の町でも魔物討伐をしてました」

男爵様は私たちを心配して、魔物討伐に難色を示した。確かに子供のクレハとイリスが魔物討伐をするのは、危険が付きまとう仕事だからそう思うのも仕方がない。

「もしかして、畑仕事だけでは食べていけないほどに困窮をしているのか？　それなら、少なからず援助は出来るぞ」

「いいえ、畑仕事だけでも大丈夫です。二人が魔物討伐をして、生活の足しにしたいと言っているんです」

「二人が自ら言ったのか？　本当か？」

「本当だぞ！」

「嘘ではありません」

「そうか、お前たちの意思は固いんだな。安全な畑仕事に従事してもらったほうが、俺としても助かるし安心するんだが。そういうことならば、致し方ないだろう」

私たちの説得で男爵様が折れてくれた。これで二人を魔物討伐に向かわせることができるね。

「二人が魔物討伐に出かけると畑仕事は私一人で行わないといけなくなります。一人でできる作業は限られているので、収穫量が落ちてしまいます」

「それは一大事だ。今も懸命に畑仕事をして作物を収穫してくれている、それが追いつかなくなると村がまた食糧難になってしまう」

男爵様は親身になってしっかりと話を聞いてくれて、相槌《あいづち》を打ってくれる。その優しさに甘えるように、相談を持ち掛ける。

「私一人ではこの村の食糧を賄いきれません。なので、人手を集めて欲しいのです」

「なるほど、俺に相談したいことは畑仕事を手伝ってくれる人を集めて欲しい、ということなのだな」

「はい、そうです」

「そうか」

男爵様は腕を組むと目を閉じて考えた。一体何を考えているのか分からないが、どうかいい結果がでますように。

「やはり、無理をして魔物討伐をしなくてもいいんじゃないか、と思う。畑仕事をして困窮しているわけではないのだろう？　だったら、これまで通り三人で畑仕事をすればいいじゃないか」

あぁ、話がぶり返した。男爵様が言うように、畑仕事をしていれば三人の生活は賄えると思う。あれだけの作物を収穫しているのだから、収入だってある。

でも、それだと私たちが求める生活はできない。私たちの生活を豊かにするためには、私の新しい魔法が必要だからだ。新しい魔法を習得するためには、クレハとイリスの称号をレベルアップさせないといけない。

「申し訳ないが、俺は男爵だ。村のことを一番に考える立場にある。だから、個人よりも村が豊かになるほうを選んでいる。村のためになることじゃないと、お前たちに協力はできないな」

困ったような表情をして男爵様はそう言った。確かにその通りだ。男爵様は村の長だから村のことを一番に考えている。今この村で大切なのは食糧難を乗り越えること、そのためには私たちが畑仕事を頑張らないといけない。

私たち個人の豊かさよりも、村の豊かさを優先させている。村の長としてその考え方は正しいが、私たちも自分たちの生活のためには後に引けない。どうにか説得する言葉を探さないと。

「俺を納得させられる言葉はあるか？　もし、あるなら何でも言ってくれ。お前たちの力になりたいと思っている」

ここは正直に言うしかないよね。

「実は魔物討伐に出る二人には特別な称号があるんです」

「称号持ちだったとは知らなかった。どんな称号があるんだ？」

「勇者の卵と聖女の卵です」

「なっ⁉」

ガタッとイスから男爵様は立ち上がって驚いた。

「二人の称号は魔物討伐に適した称号だと思います。そんな二人が魔物討伐を行えば、開拓は進んでくれると思います」

「そんな貴重な称号持ちがここにいてくれるとは。確かに、その二つの称号は魔物討伐に適している。勇者は魔物を屠《ほふ》り、聖女は怪我を癒す、戦線の要《かなめ》となる存在になるだろう」

イスに座り直した男爵様は真剣な表情でそんなことを言った。二人はすごい称号を持っているんだな。私の称号はどれくらい貴重なんだろうか？

「その二人が魔物討伐で活躍してくれるのなら、開拓は進むであろうな」

「ちなみに私も称号持ちです」

「ほう、どんな称号を持っている？」

「賢者の卵です」

「なんだとっ⁉　そっちも貴重な称号だな。めったにお目にかかれないほど珍しいぞ」

そっか、賢者の卵も貴重な称号だったんだ。なんか、二人よりも貴重な感じみたいで驚いた。

「それで、賢者の卵とやらはどんな力があるんだ？」

「詳しくはまだ分かりませんが、魔法を覚えるみたいです」

「魔法か……もしかして、賢者の卵も魔物討伐に向いているんじゃないか？」

色んな魔法が使えるようになったら、魔物討伐に生かす手もあるだろう。だけど、私たちは他のことで魔法を生かしたいと思っている。

「魔物討伐に向いている魔法かもしれませんが、魔物討伐に向かないのも覚えます。それが植物魔法です」

「なるほど、賢者の卵の称号を手に入れたから植物魔法を使えるようになったと。それならば、賢者の卵の魔法が一律魔物討伐に向いているとは思えないな。もしかしたら、村のためになる魔法を覚えるかもしれない」

そうなのだ、魔物討伐に向いている魔法もあれば向いていない魔法もある。だから、今後覚える魔法はどちらかの特性がある魔法だと思う。

「多分ですが、賢者の卵という称号がレベルアップすれば新しい魔法を覚える可能性があります。賢者の卵が生えたことで、色んな魔法を覚えました」

「なるほど、称号のレベルアップか。新しい魔法を覚えるためには賢者の卵をレベルアップさせる必要がある。して、どのようにレベルアップするのだ？」

「賢者の卵の称号が生えてきた原因が勇者と聖女を育てたから、というものでした。だから、勇者と聖女の称号をレベルアップさせるとおのずと賢者の卵もレベルアップしていくんだと思います」

まだ憶測の範囲だが、二つの称号に関連しているのは確かなことだ。もしかしたら、賢者の卵のレベルアップは賢者の魔法を使うことかもしれないが、今まで使ってきてその気配はない。ということは、賢者の卵のレベルアップは特殊なことが必要になりそうだ。

「賢者の卵をレベルアップさせるためには、勇者と聖女の称号のレベルアップが必要。そして、その勇者と聖女の称号のレベルアップには魔物討伐が必要だということです」

「なるほど、初めに戻ってきたな。だから、二人を魔物討伐に向かわせるんだな」

「はい。とにかく二人を魔物と戦わせたり、聖魔法を使わせたりしないとレベルアップしないんです。だから、畑仕事を止める必要があります」

自分たちのことは全て話したと思う、あとは男爵様がどう考えてくれるかが問題だ。

「正直言って魔物討伐はそれほど進んではいない。この村に来てくれる冒険者が少ないせいでもあるが、魔物の数が多いのも原因の一つだ。だから、村の開拓を進めるためには魔物討伐は大切なんだ」

「開拓というと、木を切って土地を広げることですよね」

「あぁ、そうだ。その木を使って建物を作ったりもしなくてはいけない。だから木を切る時に邪魔となる魔物の排除が必要なんだ」

生活圏を広げていくのは、とても労力がかかることだ。魔物がいればそう簡単には進まないだろう。もし二人が魔物討伐に加わって凄い成果を上げれば開拓も進む。

「正直言って、称号持ちの二人には魔物討伐をして欲しくなった。本当なら子供を理由に止めさせようと思っていたところだが」

「それじゃあ！」

「あぁ、二人の代わりになる畑の働き手を探すことにしよう」

「やったぁ！」

「やりましたね！」

今まで黙って聞いていた二人も思わず声を上げるくらい、嬉しい言葉だ。

「俺が責任をもって、農家と話をつけてこよう。そうしたら、農家の人たちも協力してくれることになると思う」

「はい、ありがとうございます！」

「魔物討伐と畑仕事、両方とも村にとって大切なものだからな。頼ってくれてありがとな」

お手伝いに農家の人が来てくれるのなら百人力だ、安心して収穫を任せられる。これで二人が魔物討伐に出て、称号のレベルアップをする道筋ができたね。

「二人とも頑張って魔物討伐をしてくれ。そして称号をレベルアップさせて、ノアに新しい魔法を覚えさせて欲しい。ノアの新しい魔法が村の開拓を進める力になることを期待しているぞ」

「はい！」

これで私も新しい魔法を覚えることができそうだ。次はどんな魔法を覚えるのか、楽しみだ。

◇

翌日、また私たちは男爵様の屋敷にやってきた。男爵様はとても身軽らしく、相談したその日の内に農家の人たちに畑の手伝いをお願いしてきたみたいだ。

昨日と同じく、朝食後の男爵様と面会をして詳しい話を聞く。

「待たせたな、では昨日の結果を話そう」

席に着いた私たちに男爵様は一つずつ話していく。

「昨日私は農家を一軒ずつ回って話をした。植物魔法で畑の作物を育てている所に収穫の手伝いをしに行ってくれないか、と相談をした。どの家からも良い返事は聞けたと思う。だがな」

ごくり、と喉が鳴る。

「無料では難しいと言っていた。だから、報酬を渡す用意をしなければいけない」

「それはもちろんです」

「そこでだ、その報酬を俺から渡そうと思うんだが、それでいいか？」

えっ、私の仕事のお手伝いなのに農家への報酬を男爵様が肩代わりしてくれるってこと？

「それはありがたいお話です。でも、本当にいいんですか？　これは、私の仕事の依頼ですけど」

「もちろん、いいと思っている。村のために子供が働いているんだ、これくらいしないと割りに合わないだろう？　それに村のことだ、俺が援助するのが筋だろう」

そう言ってくれると助かる。やっぱり、子供同士で生きているから、大人の援助があると心強い。

今くらいの収入が手に入れば、難なく生活はできるだろう。それに、クレハとイリスの魔物討伐の報酬も入ってくる。安定した生活を送れるくらいの報酬は手に入る形になっていくだろう。

難しい話はこれでおしまいかな？　と思ったが、男爵様はまだ難しい顔をしている。一体、何があったんだろう？

「それとな、農家の中でこんな話が出ているんだ」

「どんな話ですか？」

「植物魔法の話をしたら、農家のみんなは驚いていた。一瞬で作物を育てる魔法があるなんて、とみんな信じられない顔をしていた。村の噂で聞いたことはあったけど、半信半疑だったらしい」

確かにそうだ、植物魔法は信じられないくらいに有能な魔法だ。農家が丹精込めて育てる作物が一瞬にして育つんだから、その反応は当たり前だろう。

「改めて植物魔法の存在を知った農家のみんなは不安げだったんだ。そんな魔法があるなら、自分たちの仕事は無意味じゃないかってな」

「そんなことはないと思います」

「俺もそう思う。貴重な魔法があるのは便利でいいが、全ての作物をそれで賄えるわけがないからな。大量の作物を育てる農家の存在は必要不可欠だ」

植物魔法は農家に取って代われるほどの魔法じゃないと思う。基本は農家のみんなが作物を大量に育ててくれているから、みんなが食べていける。植物魔法だけで賄おうと思っても、使える頻度が制限されているため思った通りに使えない。

今回のように臨時で使う分には凄く役立つ魔法だけど、農家が作る量には負けてしまう。

「農家は自分たちの仕事が取られると勘違いをしているみたいだ。そこで、俺は説得をした。植物魔法は農家の仕事を補うような位置にあると」

「そうだと思います。すべての作物を植物魔法だけで賄うには限界があると思います」

「そう説明したら、納得はしてくれた。それでも、まだちょっと植物魔法に対する不安は残っているみたいだ」

困った顔をして悩む男爵様。私もどうしていいか分からず困る。

「植物魔法は便利な魔法です。でも、農家が思っているほどなんでも賄えるような魔法じゃありません」

「そうなんだよな、農家のみんなが安心してくれる解決策があればいいんだが……」

うーん、と悩んでみるがすぐには思い浮かばない。

「まぁ、根気強く説明して納得してもらうしかないだろう。明日、昼ぐらいにお前たちがいる場所まで手伝ってくれる農家の人を連れていく。そこで顔合わせだな」

「分かりました。色々とありがとうございます」

「俺も農家の人たちに納得してもらえるように、話を続けておく」

話はそれで終了した。私たちは男爵様にお辞儀をして、食堂を後にする。

それから屋敷を出てしばらく歩いていく。考えるのは農家が不安に思っていることだ。

「農家のみなさん、植物魔法で自分たちの仕事が奪われるんじゃないかって心配しているみたいですね」

「そうなんだよね。そう思う気持ちも分かるんだけど、そうならないと思うんだ」

「なんだか難しい話で分からないけど、ようは植物魔法が農家の仕事を取らなければいいってことなのか？」

「うん、そういうことだね。何か解決策はないかなー」

「このままだと農家のみなさん、心配で作業に集中できないかもしれませんね」

それは困る、どうにかして解決策がないか考えないと。

「二人とも、何か良い解決策はないかな？」

「難しいですね、不安を解消する手段ですよね？　植物魔法は農家に取って代わらない、ということを時間をかけて分かってもらうしかないと思います。いきなり理解しろっていうのが難しい話なら、です」

「ウチは難しい話は分からないけど、植物魔法を使わなければいいのか？　でも、それだったら作物は育てられないもんなー」

「流石にそれは難しいんじゃないですかね」

農家が不安に思っているのは、自分たちの仕事が取られること。でも、今は植物魔法で作物を作ることが重要だから止められないし。一体どうしたら……あっ！

「そうだ、いいこと思いついた！」

「えっ、なんだなんだ⁉」

「どうしたんですか⁉」

「クレハの言うように、植物魔法を一時的に使わなかったらいいんだよ！」

そうだ、農家の仕事を取らないように植物魔法を使わなかったらいいんだ。

「どういうことだ？」

「農家の人は自分の仕事が取られることが嫌なんだ。それは折角作った作物が売れなくなる事態になることを言っているの」

「農家の収穫と私たちの収穫が重なって、作物が過剰になって売れない状態のことですか？」

「そう、そういう状態になることを恐れているんだよ。だから、農家の収穫時期に私たちが同じ作物を作ることを止めれば、農家の作物は自然と売れることになる」

「なるほど、それだと農家が作った作物は売れるな」

農家が心配していたのは、自分たちの作物が売れないかもしれない、ということ。売れないとなると収入は減るし、それが一番困ることだ。

だったら、こちらが作物を作らないように調整すれば、農家が作った作物は売れることになる。うん、これでいこう。

「明日、農家の人たちに説明しよう。そしたら、不安もなくなると思う」

「ノアはそれでいいんですか？　一時的に収入がなくなってしまいますが」

「農家の人と比べると、収穫は小刻みにやっているから、その時の収入で賄えると思う。もし、足りなそうだったら素材採取の仕事をすることもできるし、問題ないよ」

鑑定を使っての素材採取もお金になるから、仕事がなくなるわけではない。それに、栽培されていない野菜を育てることでも収入を得る機会はあるから問題なしだ。

「二人に相談したお陰で解決策が生まれたよ、ありがとう」

「そんな、私は何もしてませんよ」

「ウチもそんなに力になれてなかったぞ」

「それでも、きっかけにはなったんだよ」

一人で悩んでいたら絶対に思いつかなかったと思う。二人に相談して良かったな、こうして解決策が生まれたわけだし。

「これからも、何か困ったことがあったら相談させてね」

「どれだけ力になれるか分かりませんが、その時は協力させてもらいますね」

「ウチもだ！　話ならどんな話でも聞けるぞ！」

二人は笑顔で答えてくれる、それだけで私の力になる。

「私たちも頑張って称号のレベルアップをして、ノアのためになりたいです。クレハ、魔物討伐がんばりましょうね」

「もちろんだぞ！　ノアの魔法は便利だから、ノアに色んな魔法を覚えてもらうためにウチらは頑張るぞ」

「ありがとう。二人が頑張ってくれると、きっと新しい魔法を覚えることができるよ。二人も魔物討伐のことで悩むことができたらなんでも相談してね」

三人で協力し合えれば、怖いものなんてない。心強い味方を得られて、本当に良かった。三人で笑顔になりながら、家へと帰っていく。

◇

翌日、私たちは普通に仕事をし始めた。小麦を植物魔法で育てて、刈り取り、脱穀して、ゴミを取り除いた小麦の実を袋に詰める。慣れた手つきで仕事を進めていき、昼ごはんを食べて、また作業の続きをした。

そんなお昼過ぎに男爵様は農家の人を連れて現れた。

「よう、精が出ているな」

気さくな感じで片手を上げて挨拶をしてきたので、立ち上がってお辞儀をして迎え入れた。

「来てくれてありがとうございます」

「何、大したことじゃない。今回も小麦がいっぱい取れたようで何よりだ」

山になった小麦の束を見て男爵様は嬉しそうに笑った。すると、その小麦を見た後ろにいる農家の人が驚いていた。

「本当に小麦が取れているなんて」

「あの小麦粉がこの村で作られていたのは本当だったんだな」

「てっきり、よその町や村から仕入れたものとばかり思っていた」

この時期に小麦が取れることがないため、農家の人たちは信じられないといった表情で小麦の山を見ていた。

「男爵様、ちょっと小麦を見てきてもいいですか？」

「俺は構わないぞ。ノア、どうする？」

「見ても大丈夫です」

「だ、そうだ」

男爵様の許しを得ると、農家の人たちはまだ脱穀していない小麦の山に近づいていった。そして、小麦の穂を手に取りじっくりと観察する。

「この実……しっかりと乾燥されていて、こんなにも膨らんでいる」

「実のつき方もいいぞ。沢山実をつけている」

「この小麦があの小麦粉になったのか……すごい」

どの人も感心したように穂についた小麦を褒めていた。農家の人から見ても、私たちの小麦は上出来なようで、目を丸くして小麦の観察をしている。

傍で黙って立っていると、農家の人たちがこっちを向いた。

「これを作ったのは誰だい？」

「私です」

「これを本当に魔法で作ったのかい？」

「はい、ここで実演してみましょうか？」

「ぜひ、見てみたい」

私が魔法を使って見せると言うと、農家の人たちは前のめりになってお願いしてきた。早速私は、その場で土を地魔法で拳一つ分ほど耕す。

「それも魔法を使っているのか？」

「はい、地魔法で土を動かして耕しました」

「魔法っていうのはそういうこともできるのか、驚いた」

「魔物を攻撃する手段だと思っていたが、認識を改めないとな」

畑を耕すだけで農家の人は食いついてきた。その耕した所に小麦を一粒落とすと、私は耕したところに手を置く。

「それじゃあ、行きますよ。植物魔法！」

私が魔法を発動させると小麦から芽が出て、あっという間に穂になり、びっしりと実のついた小麦に変わった。その瞬間、農家の人たちが沸く。

「これが植物魔法、凄い！」

「本当に一瞬で小麦になったぞ！」

「一体何が起こったんだ……」

信じられないといった顔をして、生えてきた小麦を見たり触ったりした。

「待てよ、もしかしてこの魔法をあそこの畑で使ったのか？」

「ということは、あそこの畑にある小麦の刈り取り跡は……」

「もしかして、あそこの畑の範囲を一瞬で育てたのかい？」

「はい、あそこの畑で小麦を一瞬で育てました」

「「おぉっ！」」

私の言葉に農家の人がどよめいた。

「本当にあんな量を一人で育てることができるのか」

「信じられんが、この小麦の量を見たら信じずにはいられない」

「この世にそんな魔法があったなんて、知らなかった」

ここに来てからずっと驚いているところを見ると、それだけ植物魔法が珍しい魔法なのだと私も悟った。と、そこに男爵様が話に割り込んでくる。

「どうだ、その目で見て信じる気になったか」

「えぇ、もちろんです」

「こんな魔法が実在していたなんて、驚きです」

「こんな素晴らしい魔法があったなんて知りませんでした」

農家の人たちは感心したように言った。こんな魔法があるなんて、実際に目にしないと分からないことだよね。

「植物魔法は、作物を急激に成長させる魔法だ。その利点を生かすために、俺が足りない作物を補うように指示している。だから、作物の量を調節は出来る。お前たちが心配している農家の利益は守れるはずだ」

私は男爵様の指示を受けて作物を作っていた。今後もコルクさんを通して、育てる作物の指示はあるだろう。今後は農家との兼ね合いを考えて指示してくれるなら、すごく助かる。

話を聞いた農家の人たちはどことなく安心したように思えた。私が勝手に作物を作るんじゃなくて、指示があってやることだと知ってくれたからだと思う。

「じゃあ、本題のここの農業の手伝いについての話をするか」

「あ、男爵様。私から農家の人たちに話したいことがあるんですけど、いいですか？」

「もちろんだ」

男爵様が話を締めようとしたので慌てて途中で口を挟んだ。みんなが私に注目する中、昨日思いついたことを話していく。

「まずはお手伝いに参加してくださってありがとうございます。人手が足りなかったので、本当に助かります」

「同じ村人として、この村の食糧難には心を痛めていたからなんてことない」

「私も同じ気持ちです。この村に住む者として、この村の食糧難をどうにか解決したい。その思いでこの植物魔法を使って小麦や野菜を作っています」

「おお、小麦だけじゃなくて野菜も作っていたんか」

「この植物魔法は万能で、植物ならどんなものでも成長させることができます。この魔法を使って、この村を豊かにしたいと思っています」

まずは食糧難の危機を救う、その後にゆっくりとこの村を豊かにできればと思っている。自分たちが住む村だもの、自分たちだけじゃなくてみんなも豊かになってほしい。

そのために、みんなの心の不安を取り除いてあげたい。

「この植物魔法の存在を知って、みなさんが不安に思っていると聞きました。植物魔法のせいで農家としての立場がなくなってしまうんじゃないかって」

「……そうだな、危機感は抱いているよ。それについては悪いと思っている」

「確かにこの植物魔法は便利です。一瞬で作物を育てることができるし、育てる手間が省けます。それでも、農家の人たちが作る大量の作物には敵《かな》わないと思います」

「だが、その植物魔法を使って大量に作物を作ってしまえば、我々の立場がなくなってしまう」

「だから、私は考えました。みなさんの立場を脅《おびや》かさない手段を」

「そんな手段があるのか？」

固唾を呑んで見守る農家のみんなに、私は自信満々に宣言する。

「農家の人たちが作物を納品する時、私はそれと同じ作物を納品しません」

シンと静まり返った場に私の声が良く通った。しばらく静かになっていたが、段々とざわめいてくる。

「私たちと同じ作物を納品しない？　それだったら、我々の作物が売れ残ることもない」

「だが、そんなことが可能なのか？」

「でも、それだとこの子たちの収入が心配だ」

農家のみんなは一様に戸惑った反応を見せた。それだと意図的に損をするほうを私たちが取っているように見えるからだ。わざわざ損を取る私の発言に疑問をもったみたい。私は言葉を続ける。

「あくまで植物魔法で作る作物は足りない作物を作るために使います。それだったら、農家のみなさんが作物を売る時の邪魔にならないと思います」

「そういうことをしてもらえるなら、俺たちは安心して作物を作り売ることができると思う」

「だが、それだと君の収入に影響がでるんじゃないか？」

「生活だってあるだろう。俺たちのことなんか考えないで作って売ったほうが、良い稼ぎになるんじゃないか？」

農家のみんなは心配そうにしているが、どことなくホッとした雰囲気を出していた。商売敵《がたき》になる相手が土俵から下りたのだから、肩の荷が下りたんだろう。

作物を育てる時間が必要ない植物魔法はそれだけ危険視されていたわけだ。農業のあり方に革命を起こす可能性のある存在に、普通の農家の人たちは戦々恐々としていただろう。

だけど、植物魔法は農家の人を困らせるような使い方をしたくはない。

「稼ぎたい気持ちはありますが、それ以上に農家のみなさんの枷《かせ》にはなりたくない気持ちが強いです。これからもこの村で生活をしていきたいですし、みなさんとはいい関係を築いていきたいです」

私たちには守ってくれる存在がいない。私に何かがあった時、路頭に迷うのは二人だ。そんな思いはさせたくない。だから、争いごととなる芽は全部摘み取って、何事もない平和な生活を送りたいと思っている。

そんな私の思いが通じたのか、農家の人たちの表情が柔らかくなった。

「俺たちもいい関係を築きたいと思っている。村の食糧難を解決してくれる植物魔法には感謝をしているんだ」

「情けない農家で申し訳ない。子供にこんなことを考えさせるなんて最低だ。どうか、許して欲しい」

「俺たちのために引いてくれてありがとう。君の畑仕事、ぜひ協力させてほしい」

農家の人たちが近づいてきて握手を求めてきた。私は前に歩み出ると、みんなと固い握手を交わした。私は心強い味方を見つけたのかもしれない。

「ノア、解決策を見出してくれてありがとう」

「これで大丈夫ですか？」

「あぁ、だがこれだとノアが損をしてしまっている。だから、ノアの作物はどんどん隣町に売ってしまおう。そうしたら、ノアの収入が減らずに済むと思う」

男爵様がそう言うと、農家の人たちはいい案だと頷いた。でも、そんなことまでしてもらってもいいのかな？

「いいんですか？　そこまでしてもらって」

「大丈夫だ。ノアは好きな時に好きなだけ、作物を育てればいい。その後のことは俺に任せろ、きっちり違う町でも売りさばいて見せるからな」

売り先があるのは安心だ。農家の人たちも負い目に感じずに済んだみたい。

少しずつこの村で私たちの味方が増えてくれるといいな。そうしたらきっと、住みやすい土地になると思うから。ここで三人で幸せになるために。

◇

農家の人たちとの顔合わせが済み、私たちは気持ちよく小麦の収穫を続けることができた。小麦の脱穀をしながら、私たちは会話に花を咲かせる。

「農家の人たちの不安を解消できて本当に良かったよ」

「説明するノアがちょっとかっこよく見えたぞ」

「えぇ、かっこよかったですよ」

「そ、そうかな？」

一生懸命で良く分からなかったけれど、二人の目にはそんな風に映っていたんだ。なんだか、照れちゃうな。

「でも、これで二人とも気兼ねなく魔物討伐に出ることができるね。そうだ、小麦の収穫が終わったら必要なものを買いに行かない？」

「必要なものって何があるんだ？」

「そうだなー……水筒にお弁当箱とかは？　水分補給は大切だし、昼食だって必要だよ」

「確かに、それは必要ですね」

朝に出ていって、帰りは夕方になる。その間何も食べないで動くのは大変だろう。だから、持ち出す食糧が必要だ。

「それに、イリスを何も持たせないまま魔物討伐に向かわせるのは不安だよ。いざという時の盾くらいは持っておいた方がいいんじゃない？　クレハが守ってくれるといっても、全てを守れる保証はないからさ」

「いざという時のために、防ぐ手段があれば安心ですね」

「武器とかはどうするんだ？」

「私でも扱える武器とかあるんでしょうか？」

「うーん、それは行ってみないと分からないな。何か見つかるといいね」

何も持たないイリスのことが心配だ。魔法はあるけれど、それだけじゃ不十分なように感じた。

「クレハはショートソードだけでいいの？」

「ウチはそれだけでいいぞ」

「その内、お金が貯まったら良い武器を買おうか」

「それは嬉しいぞ！　ウチも頑張ってお金を貯めるぞー」

クレハには新しい剣を買ってあげたい。いつまでもショートソードじゃ強い敵も倒せないし、そのせいで危険になったら大変だ。欲しいものがありすぎて、お金が中々貯まらない。

「今日は鍛冶屋《かじや》と雑貨屋に行ってみようか」

「よし、じゃあ早く仕事を終わらせるぞ！」

「買い物、楽しみです」

予定が決まった。すると、二人の動きが機敏になり、さくさくと作業は進んでいった。

◇

コルクさんの所に小麦を納品し、宿屋に荷車を置くと、鍛冶屋に直行した。村の中心に店がかたまっているので鍛冶屋の看板は見つけやすい。歩いて数分で鍛冶屋を見つけた。

扉を開けて中に入ってみると、中には様々な武器や防具が並べられていた。

「ほへー、すごいな」

「色々ありますね」

「どれを買ったらいいのか迷うね」

こんな小さな村に立派な鍛冶屋があるのが驚きだ。きっと男爵様がこの村を大きくするつもりで頑張って誘致したのだろう。

「いらっしゃい」

奥から声が聞こえてきた。三人で顔を見合わせると、その奥へと行く。そこにはカウンターがあり、一人の女性が座っていた。普通の人よりも小さな人だ……もしかしてドワーフ？

「随分と可愛らしい冒険者だね。今日はなんの用で来たんだい？」

「この子の盾と、合いそうな武器を探しに来ました」

「見たところ初心者に見えるんだが、そうなのかい？」

「はい、初心者です」

人懐っこいおばさんは順番に質問していった。

「なら、魔物をどうやって攻撃するんだい？」

「魔法が使えるので、魔法で攻撃します」

「なるほどねー。それで危ない時に防ぐ盾と、いざという時の武器が欲しいってことかい」

「そうです。良く分かりましたね」

「なんとなく分かるもんさ。どれ、見繕ってあげるからちょっと待ってな」

おばさんがカウンターの中から店側に来ると、並べられた盾を見ていく。一つ一つ手に取って具合を確かめてから、ある一つの盾を差し出してきた。

「持ってみな。これくらいなら持てるはずだよ」

「はい……あ、持てます！　そんなに重たくないです」

「主な材質は木なんだが、盾の表面には薄い鉄板を張り付けてある。薄い鉄板を付けることによって防御面を強化して、軽量化もできている盾さ」

これだったらイリスでも扱えそうかな。大きさも丁度いいし、重さもそんなにない。何よりもプロからのオススメ品だから、間違いないと思う。

イリスは盾を持って様々な立ち位置を試した。

「とても扱いやすいです。これにします」

「気に入ってくれて良かったよ。じゃあ、次は武器だね」

今度は武器のコーナーに行くと、イリスに合う武器を見繕う。見ているのは杖《つえ》みたいだけど、色んな杖があるなー。その中の一つを選んで、イリスに渡してきた。

「この杖なんてどうだい？」

その杖は柄の部分が木でできていて、先端は鉄でできていて、小さな宝石がはめ込まれていた。そこには棘《とげ》が生えていて、これでつつかれたら結構いたそうだ。

「この杖は先端の棘で魔物を攻撃することができるし、叩いて攻撃することもできる。柄についているのは宝玉で魔法との親和性が高いから、この杖は魔法を発動させる道具としても使えるよ」

「沢山の機能がついているんですね」

棘の先端で攻撃、鉄製だから殴打の攻撃もできる。しかも魔法補助付きの杖、中々いい武器なんじゃないかな。

イリスは杖を手に持ってみると、軽く振ったり感覚を確かめたりしていた。はたから見てもしっかりと杖を振れているし、体の軸もぶれていないから振りやすそうだ。

「気に入りました、これにします」

「毎度あり。じゃあ、精算をしていっておくれ」

買う物が決まり、おばさんがカウンターに行くと今回の料金を教えてくれる。初心者用の武器防具だったからか、思ったよりも値段は高くなかった。まぁ、それでも今の私たちにはとても高い値段なのには変わりない。

料金を支払うと、袋が大分軽くなった。必要経費だけど、お金が無くなるのは痛いね。また、一生懸命働かなくっちゃ。

◇

鍛冶屋を出ると、次に雑貨屋に寄った。

「おばさん、お久しぶり」

「あら、いらっしゃい。今日は何を買いにきたの？」

「水筒とお弁当箱ってありますか？」

「あるわよー、ちょっと待ってね」

店の中に入って声をかけると、おばさんがすぐに反応してくれた。おばさんはカウンターから店側に来ると、すぐに商品を見つけてくれる。

「水筒とお弁当箱って、ピクニックにでも行くの？」

「クレハとイリスが魔物討伐に行くの」

「こんな可愛い子たちが魔物討伐？　大丈夫なのかい？」

「まだ初心者だから、危ないところへはいかないよ。そうだよね？」

「ウチは初心者じゃないぞ。でも、イリスが慣れるまでは弱い敵と戦うつもりだぞ」

「そうしてくれると嬉しいです。初めは弱い敵から始めたいです」

イリスは初めての魔物討伐だけど、何度も魔物討伐をしてきたクレハと一緒なら大丈夫だよね。

「なら、水筒とお弁当箱は二人分なんだね」

「いや、お弁当箱だけ三人分でお願い。私用のも作る予定だから」

「はいはい、なるほどね。お昼はみんなお弁当を食べるんだね。それだったら、これがいいんじゃないかい」

差し出されたのは、二つの入れ物が一緒になったお弁当箱だった。

「二つに分かれているから、別々の料理が入れられるよ。一つのお弁当箱に全部入れるよりも、こっちのほうが使い勝手がいいよ」

「なら、そのお弁当箱を三つ頂戴」

「はいよ。で、水筒は普通のものでいいね。これだけど、いいかい？」

「これにする」

お弁当箱と水筒が決まった。他に何か欲しいものあったかなー……そうだ、鍋が欲しかったんだ。

「あと、鍋も頂戴」

「はいはい、普通の鍋なら……これでどうだい？　片手で持てる取っ手がついているよ」

「うん、これにする」

「なら、こっちにきて精算だ」

そろそろ野菜を茹でたり、スープを作ったりしたいと思ってたんだよね。あ、ちょっと待って、スープとか作るんだったら専用の皿が必要じゃないかな。

「あの、スープを入れる皿とかスプーンもあるかな？」

「もちろん、あるよ。えーっと、これだね。これでいいかい？」

「うん」

「なら、これも含めての値段は……これくらいかな」

値段はそこそこした。でも払えない金額じゃないので、支払っていく。うーん、今日は買い物しすぎてお金が結構なくなっちゃったよ。前に稼いでいたお金があったとはいえ、死活問題だ。

「はい、毎度あり。また来てね」

買った物を背負い袋に入れて、私たちは雑貨屋を後にした。

◇

宿屋で夕食を食べた私たちは、夕日に染まる道を歩いていた。

「冒険者のおじさんたち、色々と教えてくれて良かったね」

「はい、色々と不安だったんですが、話を聞けてその不安が和らぎました」

「これで明日から魔物討伐を頑張ることができるな」

宿屋の食堂で一緒になった冒険者たちに魔物討伐について聞くと、色々とおじさんたちは教えてくれた。初心者が入っても大丈夫な森の場所、現れる魔物の種類、魔物の倒し方。本当に色々と聞くことができて、本当に良かった。

「イリスでも倒せそうな魔物もいるみたいだし、一緒に頑張ってみようぜ！」

「まだちょっと怖いけど、私頑張ってみます！」

「その意気だよ、頑張ってね」

話を聞いたところ、初心者のイリスでも倒せる魔物がいるらしい。むしろどんどん低級の魔物を狩ってくれ、とお願いされたくらいだ。どうやら低級の魔物が溢れていて、大変な状況らしい。

他の冒険者が相手にしているのは、それよりも強い魔物なので、戦闘中に低級の魔物が横入りしてくるのに迷惑しているらしい。だから、初心者を歓迎していて魔物討伐の知識も教えてくれた。

「いよいよ、明日だね。二人とも怪我しないでよ」

「怪我してもイリスが治してくれるから大丈夫だぜ」

「もう、わざと怪我したら治してあげないんですからね」

「なんだよ、それー」

イリスは初めての魔物討伐。何かがあってからでは遅いから、十分に注意して欲しい。

「とりあえず、明日は無理をしないこと。クレハも久しぶりの討伐なんだから、注意深くやってね」

「そうですよ、クレハはすぐに調子に乗るからダメですよ」

「なんでウチにだけ厳しいんだ？」

私とイリスが注意をすると、クレハは不貞腐れたように頬を膨らませた。心なしかクレハの耳がしょんぼりしているような気がする。

「ウチらのこともそうだけど、ノアのほうは大丈夫なのか？　明日から農家の人と一緒に収穫するんだよな」

「特に問題はないと思うよ。農家の人たちといい関係が結べたと思うし、同業者だからって意地悪はしてこないと思う」

「農家に限らず、村の人たちとは良い関係を築きたいですね。これからもこの村で生活していくんですから」

そう、私たちはこれからもこの村で生活をしていく。村で生活をするのであれば、村人とも良い関係を築いておきたい。いがみ合うんじゃなくて、協力し合えるようなそんな関係に。

「孤児院を出て、町に移動して、町から追い出されて……ここに辿り着きました。まさか、こんな状況になるとは思いもしなかったです」

「そうだよなー。ウチも孤児院を出て、魔物討伐をするとは思わなかったぞ。でも、それがなんだか楽しいから文句はないぞ」

魔物の暴走があり、孤児院を飛び出してきた二人。町に行き、なんとか生活をしていたのに、犯罪者扱いされてこの村まで飛ばされてきた。まさか、こんな状況になるとは当時は思いもしなかっただろう。

それは私もそうだ。魔物の暴走で奴隷のような召使いから解放されて、この村まで辿り着いた。召使いをしていた時はずっとこの生活が続いていくとばかり思っていたが、突然に自由を手に入れた。

自由を手に入れてからは目まぐるしく変わっていく環境に翻弄《ほんろう》されながらも、懸命に生きた。その結果が今のような穏やかな生活を手に入れるまでとなり、こんなに嬉しいことはない。

ようやく手に入れた平穏な暮らしの中にいるは一人だけじゃない、出会った二人をも合わせて三人いる。一人じゃないという心強さのお陰で、なんとか生活ができているのだろう。

二人に出会っていなければ、一体どうなっていたか。もしかしたら、あの町で避難民としてくすぶり続けていたのかもしれない。そう思うと、この二人に出会って良かったと心から言える。

「私はね、自由になれば何でもできるって思ってたんだ。でも、一人の力じゃたかが知れていて、一人だと何にもできなかったと思う。だけど、二人に出会って、みんなで協力し合えたから今の生活があると思う」

断言できる、この生活があるのは二人と出会ったからだ。二人が私のことを見つけてくれなかったら、今頃どうしていたんだろう。そのことを考えると自然と感謝の気持ちが溢れてくる。

「二人とも、私と出会ってくれてありがとう。これから三人で楽しく暮らしていこうね」

この村に来たのも何かの縁、ここで三人で楽しく暮らしていけたら素敵だと思う。二人に笑顔を向けると、二人も笑顔を返してくれる。

「それは私も同じです。ノアと出会っていなかったら、前向きに生きていくことができなかったでしょう」

「そうだぞ、ノアが色々と教えてくれなかったら、路頭に迷っていたのはウチらのほうだったかもしれない」

「だから、出会ってくれてありがとう。これからもよろしくお願いします」

「ウチからもありがとう！　これからもよろしくな！」

三人で手を繋いで、笑い合う。それだけで心が温かくなって、安心感が広がっていく。

「家に帰って、寝ましょうか」

「寝たら、明日だぞ！」

「明日になったら、それぞれでまた頑張っていこうね」

手を繋ぎながら夕日に染まった道を進んでいく。これから始まっていく生活はきっと楽しいものに違いない。そんな期待で胸が膨らんでいた。

◇

日の光が差し込んできて、目が覚める。ゆっくりと体を起こすと、大きく背伸びをした。それから、毛布から這《は》い出ると石の家の外に出る。

「うーん！」

もう一回、大きく背伸びをした。空には雲が点々としていて、その奥には青空が広がっている。今日もいい天気だ。

昨日、臨時で作った石の家の隣にある石の棚に近づく。そこに置いていた調理道具、昨日買っておいた肉、野菜を持つ。それから鉄板の傍に座ると、焚火台に火をつける。

鉄板を温めている内に、ナイフで肉と野菜を一口大に切る。切り終わると温まった鉄板の上に切った肉と野菜を並べて焼いていく。おっと、塩を忘れていた、上から塩を振りかけた。

今はこれくらいしか味付けできないけど、その内ソースや調味料を自作してみたい。少しずつ生活を豊かにしていきたいな。

肉と野菜を両面焼き終えると、焚火台の火を消す。石の棚に行き、お弁当箱を手に取ると鉄板の場所に戻る。そして、木のトングを使ってお弁当箱に焼いた肉や野菜を詰めていく。

「おはよう、ノア」

「おはようございます、ノア」

お弁当箱におかずを詰め終わる頃、クレハとイリスが起きてきた。二人とも目をこすり、こちらに近づいてくる。

「おはよう。はい、水」

生活魔法で水を出すと、二人のくっつけた両手の中に水を入れた。それで二人が顔を洗い、目を覚ます。ついでに私も水を出して、顔を洗った。

「ふー、さっぱりしたー」

「タオルは……あった」

石の棚に置いてあったタオルで顔を拭《ふ》く。うん、さっぱりして気持ちがいい。

おかずを詰めたお弁当箱を確認してみると、粗熱が取れたみたい。蓋をして、フォークと一緒に紐で括って止めた。一つのお弁当箱は石の棚に置き、残りの二つは二人の背負い袋に入れておく。

「お弁当作ったから、お昼に食べてね」

「楽しみだぞ！」

「ありがとうございます」

二人は背負い袋を背負った。その内しっかりとしたリュックを買いたいね。

「それじゃ、朝食を食べに行こうか」

「はい」

「行こうぜ！」

準備が終わると私たちは宿屋へと向かった。

◇

「今日も美味しかったな！」

「バランスよく、色々と食べられましたね」

宿屋での食事が終わり、外に出てきた。今日もお腹いっぱい食べて満足だ。私もあれくらいの料理を作らないとな。

「それじゃあ、ここでお別れだね。二人とも、魔物討伐頑張ってね」

「ノアも畑仕事頑張ってください」

「イリスのことはウチが守るから、安心してくれ！」

そう、ここで二人とはお別れだ。私は畑に、二人は魔物討伐に行く。いつもとは違う行動に慣れないな。二人は背を向けて歩き出し、私は違う方向に向かって歩き出した。

一人で家に戻ってきた。畑仕事の前に、使い終わった鉄板と木のトングに洗浄をかけて綺麗にする。それから木のトングを棚に戻して、後片付けの終了だ。

これでようやく畑仕事に移ることができる。石の棚の横に置いておいた小麦の種が入った袋を持ち上げると、畑に移動する。一旦種の袋を地面に置き、畑を見る。

「よし、始めようか！」

新しい生活の始まりだ。クレハとイリスが魔物討伐で頑張るんだから、私は畑仕事を頑張ろう。まずは村の食糧難を救うために、不足している小麦を作る。みんなに行き渡るように沢山作りまくるのが私の仕事だ。

「それにしても、段々暑くなってきたな」

空を見上げると青空に太陽が昇っていて、熱い日差しを照らしてくる。季節が春から夏に変わろうとしていた。周囲を見渡せば木々はより一層青々と茂っていて、夏の気配を感じさせる。

「夏かー、夏になると暑くなるし、この服じゃちょっと厳しいかな」

自分の服を見てみると、襟のついた長袖のシャツを着て膝丈までのスカートを穿《は》いている。生地は厚めに出来ているし、上半身の長袖は夏には不向きだろう。ということは、夏服を作らなきゃいけなくなる。

「夏服かー、今度はどんな服にしよう」

服を作るお金はある、だから我慢せずに服を作ってもらおう。新しい服を作るとなれば、きっと二人も喜んでくれるだろう。今までは古着しか着られなかったけど、これからは今の服のように仕立てた服を着ることが出来る。それだけで心がウキウキする。

新しい服を作るためにも、しっかりと仕事をしなくちゃね。まずは小麦作りからだ。小麦の種の入った袋を持って、畑の端に行って種をバラまき始める。

しばらく一人で作業をしていると、遠くから集団が近づいてきた。お手伝いの農家の人たちが来てくれたらしい。私は種の入った袋を一旦置いて、農家の人たちを出迎えた。

「おはようございます！」

「おはよう、ノアちゃん」

「今日からよろしくね」

「はい、こちらこそよろしくお願いします」

「さて、仕事を始めるか。まずは何をするんだ？」

「種まきからです」

「そうか、よしみんなで種まきをするぞ」

やってきた農家の人たちは持っていた農具を地面に置き、早々に仕事を始めてくれた。頼もしい農家の人たちに小麦の種が入った袋を渡すと、自分の服を伸ばしたところに小麦の種を乗せると、畑に散らばっていった。

数人で小麦の種を分けると、自分がまく種の量が減った。これならすぐに終わりそうだ。人がいないところに行くと、私も種をバラまき始めた。

すると、すぐに種をまき終えてしまう。すごい、人数がいるとこんなにも早く終わるんだね。

「こんなものか」

「ここから植物魔法を使うんだろう？」

「一体どうなるんだろうね」

「じゃあ、植物魔法を使うのでみなさんは畑から出ててください」

私が畑を出るように指示すると、農家の人たちは畑を出て私の近くに集まってきた。みんな興味深そうに私を見てくる。私は地面に手を置くと、魔力を高めて魔法を発動させる。

「植物魔法！」

魔法が畑全体に行き渡ると、小麦の種が芽吹いていく。地面に根を張りぐんぐん成長していくと、小麦の形になり、穂がこうべを垂れる。あっという間に、小麦畑の完成だ。

「おぉ、これが！」

「こんなに沢山の小麦が一瞬で！」

「なんという光景だ！」

一瞬で出来た小麦畑を見て、農家の人たちは歓声を上げた。そして、生えてきた小麦を手に取ってまじまじと観察する。

「やはり、この間見た小麦と同じように実が十分に膨れている」

「この垂れ下がりを見る限り、中身はぎっしりと詰まっているんだろうね」

「魔法でこんなことが出来るなんて、凄い」

わいわいと小麦を観察する農家の人たち。話を聞くと、私の作る小麦はかなりいい状態であることが窺える。みんなにいい小麦を提供出来ていることを知ると、やっぱり嬉しくなっちゃうね。自分の作ったものが良いものだと知るのはとてもいい気分だ。

「それで、ノアちゃん。この小麦をどうやって刈るんだ？　道具は持ってこなくてもいいと聞いたんだが」

「小麦を刈る時も私の魔法を使います。風魔法で小麦を刈って、刈った小麦を乾燥魔法で乾燥させます」

「へぇ、乾燥魔法もあるのかい。それだったら、すぐに脱穀するのも頷けるね」

「やってみせますね」

畑の端に立ってその場でしゃがみ込む。手を前にかざして、風魔法を発動させた。風が鎌のように真っすぐ飛ぶと、小麦の茎を切断していく。一瞬の内に二メートル四方くらいの小麦がその場に倒れた。その瞬間、農家の人たちから「おー」という感心した声が聞こえる。

次に倒れた小麦に手をかざし、乾燥魔法を唱える。すると水分を含んでいた小麦がどんどん干からびてきて、カサカサの小麦が出来た。それを見ていた農家の人たちが乾燥した小麦に群がる。

「本当に乾燥されているぞ」

「この状態はいいな」

「これなら粉にしても大丈夫だ」

農家の人たちの目から見ても、乾燥した小麦の状態は良いものだったらしい。小麦の粒を見ては感心して笑顔になっていた。

「それじゃあ、脱穀をするか」

「私は小麦を運ぶわ」

「俺は選別をしよう」

「とりあえず、手分けしてやることになったが……それでいいか？」

「はい、大丈夫です」

「よし、なら動くか」

農家の人たちは分かれて、それぞれの仕事についた。私の仕事は小麦刈りだ。風魔法を使い小麦の茎を切ると、乾燥魔法で小麦を乾燥させる。

それぞれが仕事に集中していくと、仕事がどんどん進んでいく。その仕事中、小麦を運んでいた農家の人が話しかけてきた。

「そういえば、この間この周辺にゴブリンが出たって聞いたけど大丈夫だったかい？」

「ゴブリンに襲われましたが、なんとか撃退出来ました」

「そうかい、怖かったろうに。だけど、安心してね。私たちはいざという時のための武器を持ってきたから、襲ってきたら追い返してやるよ」

「武器って、持ってきた農具のことですか？」

「そうだよ。あの農具で攻撃すれば、ゴブリンなんていちころさ！」

そうか、そのために農具を持ってきたのか。農具の先端は鉄で出来ているから、その部分を使えば立派な武器になるもんね。そういう備えもしてくれるのは本当に助かる。一人で農作業をするのは心細かったし、農家の人たちには頭が上がらないよ。

でも、魔物か……この間はなんとかなったけど、私がもっと魔法を上手に使うことが出来たら、怖い思いをしなくても済んだかもしれない。ううん、私がもっと魔物に対して怖がらなかったら、もっと上手に魔法を扱えたかもしれない。

今、私の魔法は生活向上のために使っていることが多い。でも、本来の用途は魔物と戦うためのものだと思う。普段使っている魔法の使い方では、魔物と満足に戦えなかった。

今後、魔物が現れない保証はない。だから、その時のために私は魔法の扱いをもっと上手くならないといけない。そうじゃないと、自分を守れないし、二人のことだって守れない。

それに魔物と対峙した時、怖がらないようにもならないと。そうじゃないと魔法を上手に扱えないし、魔物を撃退することは難しくなる。魔物への恐怖を克服すること、魔法を上手に扱えるようになること、この二つが私にとって重要なことだ。

でも、魔物への恐怖の克服か……どうすれば克服出来るのかさっぱりだよ。イメージトレーニングでどうにかなるかな？　それとも、二人みたいに魔物討伐に行けばいいのかな？

克服の仕方はまだ分からないけれど、魔法の扱い方だったら練習出来る。魔物を倒すための魔法を練習しておいて損はないと思う。普段農作業で使っているような扱い方じゃないやり方か。こっちは模索出来そうだね。

「ノアちゃん、次の小麦を刈ってくれないかい？」

「あっ、すいません」

いけない、考え込みすぎちゃった。今は小麦の収穫の時間だからこっちに集中しなくちゃね。私は風魔法を使って小麦を刈り、乾燥魔法を使って小麦を乾燥させていく。

◇

農家の人たちとの小麦の収穫は順調に終わった。多い人数で作業をすると、かなり早く仕事を終わらせることが出来た。農家の人たちとは作物所で別れ、私は夕食の買い物をして家に戻ってきた。

調理道具も必要最低限揃ったし、今日から夕食を自分で作る。今日は簡単に作れるスープだ。と、その前に鍋で芋を茹でておく。パンが食べられないのが残念だけど、今は主食はこれしか出来ないから我慢だね。

芋を茹で終わると、今度こそスープを作り始める。水を切った根野菜を入れて煮込み、沸騰したら今度は切った肉と他の野菜を入れる。くつくつと煮込むと、野菜と肉の出汁が出てきていい匂いが漂ってきた。塩で味を調えれば、肉野菜スープの完成だ。

今はこれくらいしか出来ないけれど、道具が揃って、材料が揃って、調味料が揃ったら、もっと美味しいものが作れる。少しずつお金を貯めて、必要なものを買え揃えていこう。そしたら、二人にもっと美味しいものを食べさせることが出来るから。

調理が終わる頃になると、辺りが夕日に染まってきた。二人での初めての魔物討伐、上手くいったかな？　怪我をしていないかな？　無事に帰ってきてくれるかな？　暇になると、色んなことを考えてしまって精神的にキツくなる。

早く帰ってきてくれないかな。そう思いながら待っていると、走ってくる音が聞こえてきた。バッと振り向くと、イリスとクレハがこっちに駆けてきているのが見えた。

帰ってきた！　私は嬉しくなって立ち上がり、二人に駆け寄った。

「二人ともおかえり！」

「おう、ただいま！」

「ただいま帰りました！」

「無事に魔物討伐出来た？」

「えへへっ、もちろんだぜ！」

「はい、私でも魔物討伐が出来ました！」

「そう……二人とも無事に帰ってきてくれて本当に良かった」

二人の無事な姿を見て、心底安心した。

「そうだ。夕食は出来ているよ、早く食べよう！」

「この匂いは……色んな物が入ったスープに芋だな」

「美味しそうですね。沢山動いたからお腹ペコペコです」

二人は料理の匂いを嗅《か》いでホッと安心したような顔をした。今まで魔物討伐で大変な目にあってきたから、料理の匂いを嗅いで気が緩んだのかな？

「食べる前に二人を綺麗にするね。洗浄魔法！」

二人に向けて洗浄魔法をかけると、汚れていた肌や服が一瞬で綺麗になる。

「これでよし、さぁ座って！」

二人を地魔法で作った石のイスに座らせる。私はスープを皿によそって、芋を皿にのっけてテーブルの上にスプーンと一緒に並べた。私も席に着くと、三人で手を合わせてお辞儀をする。

「「「いただきます」」」

スプーンと皿を手にスープをすくって食べ始めた。野菜の優しいうま味と肉の濃い出汁が合わさり、一口食べるともっと食べたくなる。野菜は柔らかく、肉はホロホロと崩れ、肉の甘い脂身を感じるともっと食欲が湧いてくる。

「うん、うまい！」

「美味しいです。ノアって料理も出来るんですね」

「口に合って何よりだよ。さぁ、どんどん食べてね」

二人が美味しそうにスープを食べてくれるのが嬉しい。まだ、こんなものしか作れないけど、もっと美味しいものを作るから待っててね。

◇

今日あったことを話しながら、私たちは夕食の時間を楽しんだ。特に初めて魔物と戦ったイリスは色んなことを感じたみたいで、色々と話してくれた。そんな楽しい時間は過ぎて、寝る時間になった。

石の家の中に入り、藁の上にシーツを被せた上に寝転がり毛布をかぶった。

「そろそろ夏になるから、この毛布も暑くていらなくなるね」

「そうだな、戦っている時も少し暑かったんだぞ」

「クレハは動きますからね。でも、ちょっと暑いのは分かります」

二人も暑さを感じていたらしい、全身に毛布は被らずに半分だけ体に被せた。

「そうそう、夏と言えば服も新しい物に変えないとね」

「何っ!?　新しくしたばかりなのに、もう新しくするのか？」

「このままじゃ暑いから、薄手の物を用意しないと辛くなるよ」

「新しい夏服ですか、ふふっ楽しみです」

「次はどんなのにしようかなー」

「ウチはお店の人にお任せするぞ」

新しい夏服のことを話すと二人ともワクワクとした表情になった。やっぱり、服を新調するのは楽しくなっちゃうからね。

「新しい服もいいけれど、ノアの料理が楽しみなんだぞ。今日からここで作ってるんだよな、一体どんな料理が出てくるのかなー」

「そうだねー。色んなものを作りたいね。魔物討伐を頑張る二人のために、うんと美味しいものを作るね。その内、料理だけじゃなくてパンとかも作れるようになったらいいなって思うよ」

「パン！　いいですね、賛成です！　ノアにはぜひ頑張ってもらいたいです」

まだ足りないものばかりだけど、少しずつ充実させて色んな料理を作ってみたい。それに、パンにも挑戦出来たらいいな。ここでパンを作れるかはまだ分からないけれど、挑戦してみる価値はあると思う。

「衣食と来たら、次は住！　家もどうにかしたいなー」

「もし家が出来るとしたらどんなものがいいですか？」

「大きな家がいいな、走り回れるくらい大きな家だ」

「クレハは家の中でも走り回るの？」

「もう、そんなことしたら危ないですよ」

でも、そんな大きな家が出来るのならいいね。みんなで暮らせる家……あったらどれだけいいだろう。

「まだまだ、足りないものがいっぱいあるね。少しずつ集めていって、生活を充実させなくっちゃ」

「充実したらどんな生活になるんでしょうね。想像するだけで楽しいです」

「楽しいことになるんだったら嬉しいんだぞ！　みんなでワイワイ出来るようになったらいいな！」

まだ生活を始めてそんなに時間は経っていないけれど、これから少しずつ生活が良くなっていくような気がする。着る物、食べる物、住むところ……一つずつ充実させていけば、きっと生活は向上するはずだ。

それは一人の力じゃなくて、三人の力を合わせればきっと実現できる。子供の私たちだけど、非力かもしれないけれど、力を合わせればきっと出来るはずだ。

「三人で協力して、頑張っていこうね」

「はい、もちろんです」

「全力で協力するんだぞ！」

空中に手を伸ばすと、三人の手が合わさった。この三人がいればきっとなんだって乗り越えて行ける。辛いことがあったら三人で慰め合い、嬉しいことがあったら三人で分かち合うことが出来る。そんな風に進んでいけたら、と願わずにはいられない。

きっとここから幸せなスローライフが始まるはずだ。

あとがき

初めまして、鳥助と申します。この度は「転生少女の底辺から始める幸せスローライフ」の一巻をお手に取っていただきまして、本当にありがとうございます。数多くある小説の中で拙作を選んでいただき、本当に嬉しいです。あとがきまでいらっしゃったということは本編はもうお読みになったと思いますが、楽しんでいただけましたでしょうか？

少しでも楽しんでいただけたら幸いです。

さて、あとがきですが……何を書こうかとこの文字を打っている時も考えています。そうですねぇ、「転生少女の底辺から始める幸せスローライフ」が生まれる前の話をしようと思います。

この話には元ネタがありまして、その元ネタを使ってこの作品が生まれました。その時の元ネタなんですが、奴隷から解放された少女が何もない状態から生きていくという話でした。この作者、不憫な状況から始まる話が好きで、そこから少しずつ状況が良くなっていく話の展開も好きで、尚且つそれが少女だったらとても楽しい、という性癖を持っています。

なのでこの元ネタは私の妄想の中で楽しんでいたものになります。しばらくは妄想するだけで大丈夫だったのですが、他作品のＷＥＢ投稿が軌道に乗り始めたのを期にもう一作書き上げてみようと思い立ちました。おっと、もう書きすぎましたか。この続きをまた後で。

「転生少女の底辺から始める幸せスローライフ」に関わってくださったマイクロマガジン社の関係者の皆様、編集担当のO様、本当にありがとうございました。編集担当のO様には書籍の刊行に向けて、様々な助力を頂いたお陰で思った以上に素敵な仕上がりになったと思います。重ねて感謝申し上げます。

イラストを担当してくださったしんいし智歩様、素敵なイラストを本当にありがとうございます。どんな絵になるかワクワクしながら待っていたら、とっても可愛らしいイラストが届いて、嬉しすぎてなぜか見ているこっちが照れてしまうくらいの迫力がありました。いい出会いをいただき、心の中で五体投地をする勢いで感謝を捧げたいと思います。描いてくださって、本当にありがとうございます!

また、小説投稿サイトで「転生少女の底辺から始める幸せスローライフ」を見つけて読んでくださった読者様方にも厚くお礼を申し上げます。もしWEBを読んで書籍も手に取っていただけた方がいらっしゃったら本当に嬉しいです。加筆や改稿部分を楽しんでいただけたら幸いです。

最後に重ねての感謝になりますが「転生少女の底辺から始める幸せスローライフ」を手に取っていただけた方々へ重ねて心から感謝申し上げます。二巻で会えることを楽しみに待っています。

GC NOVELS

転生少女の底辺から始める幸せスローライフ 1

THE HAPPY SLOW LIFE OF A REINCARNATED GIRL STARTING FROM THE BOTTOM

てんせいしょうじょのていへんからはじめるしあわせすろーらいふ

2024年9月7日初版発行

著者 鳥《とり》助《すけ》

イラスト しんいし智《ち》歩《ほ》

発行人 子安喜美子

編集 大城書

装丁 森昌史

印刷所 株式会社平河工業社

発行 株式会社マイクロマガジン社

〒104-0041 東京都中央区新富1-3-7 ヨドコウビル
［営業部］TEL 03-3206-1641／FAX 03-3551-1208
［編集部］TEL 03-3551-9563／FAX 03-3551-9565
https://micromagazine.co.jp/

ISBN978-4-86716-625-3 C0093

本書は小説投稿サイト「小説家になろう」（https://syosetu.com/）に掲載されていたものを、
加筆の上書籍化したものです。

ファンレター、作品のご感想をお待ちしています！

宛先 〒104-0041 東京都中央区新富1-3-7 ヨドコウビル
株式会社マイクロマガジン社 GCノベルズ編集部「鳥助先生」係「しんいし智歩先生」係

**右の二次元コードまたはURL（https://micromagazine.co.jp/me/）を
ご利用の上、本書に関するアンケートにご協力ください。**

■ご協力いただいた方全員に、書き下ろし特典をプレゼント！
■スマートフォンにも対応しています（一部対応していない機種もあります）。
■サイトへのアクセス、登録・メール送信の際にかかる通信費はご負担ください。